声色野记

侯磊 —— 著

北京联合出版公司
Beijing United Publishing Co.,Ltd.

图书在版编目（CIP）数据

声色野记/侯磊著.—北京:北京联合出版公司，
2018.10

ISBN 978-7-5596-2449-9

Ⅰ.①声… Ⅱ.①侯… Ⅲ.①随笔—作品集—中国—
当代 Ⅳ.① I267.1

中国版本图书馆 CIP 数据核字（2018）第 176719 号

声色野记

作　　者：侯　磊

责任编辑：昝亚会　夏应鹏

特约编辑：丛龙艳

产品经理：于海娣

北京联合出版公司出版

（北京市西城区德外大街83号楼9层　100088）

北京联合天畅发行公司发行

天津光之彩印刷有限公司印刷　新华书店经销

字数：150千字　　880mm×1230mm　1/32　印张：8.75

2018年10月第1版　2018年10月第1次印刷

ISBN 978-7-5596-2449-9

定价：49.80元

目录

市井：旧京的慈与善

　　陶渊明说"先师有遗训，忧道不忧贫"。他还说"不戚戚于贫贱，不汲汲于富贵"。可在老北京，当人们面对不义之事、贫穷之苦时，只怕每个人要既忧道，又忧贫。

　　今天讲述这些并非忆苦思甜，而是不忘历史。

一

　　北京过去有许多奇葩的职业，如卖黄土的、卖瞪眼儿肉、换取灯儿①的，倒卖果子皮、二货茶的。卖黄土的人找个板儿车，到城墙根儿去"上班"——找城墙上没砖的地方，拉一车黄土卖到煤厂里，摇煤球或做蜂窝煤。说得不好听点儿，这是破坏公物。但一天拉两车黄土，起码能有饭吃。卖瞪眼儿肉的，在马路边上架一口大锅，里面筋头巴脑连骨头带肉什么都有，论块卖，不能挑，先吃后数签子结账。买的人都把眼睛瞪得溜圆，好挑一块肉多的。换洋取灯儿的多是妇女，你给她破烂儿，她给你取灯儿，等于变相地收破烂儿。这样她能稍微多赚一点儿。

再有就是卖果子皮的、卖二货茶的。有的人家吃苹果的皮可以攒多了卖给这类小贩，小贩用糖浸了当零食卖。有的人家茶叶只泡一货，再晒干了接着卖。最底层的小贩们就用这各种零散的小玩意儿，三倒腾两倒腾，拼着缝赚出那点儿嚼谷，实在可怜。但小玩意儿没成本，起码能赚个仨瓜俩枣的。还有那些卖干劈柴的、卖布头儿的、卖梳头油的、卖草帘子带狗窝的、卖估衣的……都是能供穷人吃饭的营生。旧京有白面房子，有最下等的土窑暗娼，街边也有坑蒙拐骗的，也有摆着桌子写着"吃馍当兵"的国民党征兵处——当了兵就给两块钱，不少一无所有的人以"当兵"为生，入了伍找机会就跑，换个地方继续当。

民国时期，各地若有灾荒，人们就会逃荒，河北一带的多会逃到北京的郊区县城，伺机而动，若能混则到北京试试运气，不行则退守乡里。一些人进了永定门，有的人家在大路旁搭个简易的棚子，摆个小酒摊儿，卖上自制的豆腐丝拌萝卜皮，就能把小摊位支起来谋生了。刚开始连荤菜都卖不起（没钱进货），后来会把小酒摊儿做成大酒缸二荤铺^②，以卖给南来北往赶路的、赶大车的。这样的摊位没什么摊位费可交。哪怕是小孩儿，也可以挎个篮子去卖半空儿（花生），卖臭豆腐、打粥。而他们平常也吃不饱饭，只能夏天在土堆上拾西瓜皮啃，或者偷别人家院子里的枣儿，连雪花酪都没吃过。

侯宝林、关学曾等老辈的曲艺人，小时候都过着几近要饭的生活。但他们学了曲艺，在天桥等地撂地演出。演得稍微好些，能进杂耍园子，再到进剧场，还能成名成角儿。另有京西的煤矿，大约普通矿工日工资五毛，学徒工四毛，若没有休息日的话，一个月也能挣十几块大洋。好的跑堂的干上二十年，回乡下也能买房子置地。

国民政府南迁以后，北京改叫了北平，房价、物价都不高，能解决贫苦人的吃肉问题。北京小吃多价格低廉，便于携带，有刺激性的味道，不论好吃与否，定能果腹。卤煮、爆肚、羊杂碎等都是动物内脏，起码是肉；大凡中南海、北海与颐和园等，门票都不算高；天桥一带的曲艺表演，多是分时间计价，一刻钟打一次钱，每次打钱不多，在20世纪50年代也就是几分钱。因此，不论穷人富人，都一样吃小吃，逛公园，听曲艺。

再穷的人家，逢年过节也会买只猪头来炖。那猪头不好买，要提前到肉铺去预订，临了说要肥的，还能提前饶上几张肉皮。把猪头洗干净了，用刀背在顶上剁上几刀，将脑骨剁开（剁不好，到处都是碎骨头渣子）。用葱蒜花椒、用大锅把猪头炖到九成熟，再把猪头肉从头顶扒开，接着炖，直至晾凉了分食，将猪脑另上锅蒸。这几乎是北京最底层人的生活。

正所谓"游商不税"。旧京挑担子叫卖的人过去是不上税的。

而摆摊儿的，都是由他在街面上摆摊儿的地方来管。比如，在一家大药房面前有块地，有一修鞋的、一剃头的、一卖煮面条的。这三家要跟药铺打招呼，药铺伙计可由他们免费剃头、修鞋、拿着面条来白煮。逢年过节，这仨摊位给药铺送礼物，药铺的还礼还得轻，那意思来年接茬儿干；还得比较重（如还了只烧鸡肉食），意思是，我们这儿不合适，来年您换地方吧。没有什么地租或税收，一切是以礼物、互利互惠的方式来交易，赔赚计算并不明确，人情、面子、礼仪要远大于利益。

过去天桥一带，大街上游动着卖茶水的人，一手提着茶水瓶子，一手抱着粗瓷大碗，一大枚铜圆两碗。朝阳门外、天桥南边，甚至有几处给乞丐住的客店，叫火房子。在屋子中间挖个大坑生火，一圈乞丐围着取暖，每天一大枚或几个小子儿。穷人家的女人则去缝穷，一个挨一个坐成长蛇阵，每个人腿上堆满了破铺陈③，早上先去粥厂打粥，然后回来缝穷，多是缝袜子底儿。

穷人的生活都在温饱边缘，但还不至于绝望。过去的人觉得，只要是进北京讨生活，不管第一代人多么穷苦，只要是熬过这一代，第二、第三代就能扎根儿下来，下一代多少不会挨饿，兴许能读上点儿书。实际上是再过一代就解放了。读个不收费、连伙食住宿都免费、只需要自己带个铺盖卷儿的中专或师范，多少能有点儿文化，就能翻身了。

二

都说北京城东富西贵、南贫北贱，但此言并非绝对。自国民党北伐成功以后，北京有钱人少了。因为有钱人下台的去了天津，在台上的去了南京。南来北往讨生活的人，不论贫富与阶级，都生活在胡同里。

过去，北京最破的地方还是天桥、先农坛墙根儿一带，比龙须沟还惨。每家房子都是擦屁股的砖头④盖的一两间小破窝棚，家家挨在一起，两边形成一条条的小"胡同"，没院子一说。房子小到开门就能上炕，讲不到居家布局。在小"胡同"里面，地上堆砌着各种杂物，窗根儿底下就是臭沟，让人没地方下脚。一路过这地方，就想起相声大师侯宝林在自传里写的事儿。

侯宝林童年时被迫以捡煤核、卖报纸、拉水车为生。煤核儿是没烧透的乏煤，中间的芯儿还是黑的，捡早了烫手，晚了就被别人捡走了。捡的时候得眼观六路，耳听八方，还别被人抢了，也怕熟人看见。白天撂地卖完艺，晚上睡觉没被子，要向被卧铺租被子。那家租被子的女老板叫马三姐，看他可怜总是不收他钱。男老板问："给钱了吗？"马三姐就喊："给啦！"实际上是不要。唱琴书的关学曾也卖过臭豆腐，给人家送过门神。送门神是卖门神那张纸码儿，说几句吉祥话，以讨得一点儿赏钱。

再比如，骆驼祥子是乡下失去土地而进城的人，他没手艺，空有一身力气，每个月只挣几块"袁大头"，但也攒钱买下了车，若是运气好，他能在北京赁处像样的房子，把虎妞娶回家过日子。即便他落魄了，也能混个送殡打幡儿的活计不至于饿死。与拉洋车的同时期兴旺的是北京的警察制度。警察最早是弹压街面、帮助群众的，大家都是街里街坊，并不会欺压百姓。他们管理拉洋车的，但不以罚款为主，马路边上能设有供洋车夫喝茶水的地方，会管着洋车夫，不许他们跑得太快，以防止炸了肺跑死。因此，北京街面上讨生活的人，大多能彼此和谐，相互制约，不会被人追着打撵着跑。

过去的穷人也有乐呵的时候，可能是因为消息闭塞，不知道富裕的人怎么活着。最起码是"穷帮穷，富帮富"，穷苦人不会多有文化，但尚能维系着街坊邻里的关系，好比香港的九龙城寨一样。当然，穷苦人的生活不能美化，他们的工作没地位没尊严。人家坐着你站着，人家吃着你看着。但穷苦人想不到这么多，先饱腹再说吧。

但不论有钱没钱，都讲礼义廉耻，都一样喝豆汁儿。

三

富贵本无种，尽从勤中来。

人在历史面前是渺小的，三十年河东，三十年河西。北京城少有长久的富贵，也少有长久的贫瘠。所以，老北京人恪守礼教，家家有佛堂，乐善好施，以善待穷人为荣、赶走穷人为耻。谁家对穷苦人和下人不好，谁家名声就臭了，没人爱搭理。民国时期，我们家捡了一户逃荒要饭的人家，姓赵，干脆就安排他们在家里位于北京城外洼里村的地头，翻盖几间房子，由他们来种那几亩地，顺手帮忙照应一下祖坟。每年新打下粮食来，他们给我们家里送一次尝尝鲜就行了，再就是家中上坟去时帮帮忙，从来没什么"收租子"之说。

　　抗战胜利后，我家家道中落，而我的叔祖父仍给北平基督教青年会捐了些钱，以表他的慈悲之心，至今还留有捐款的收据。

　　看《老北京旅行指南》一书，也能看到北京有众多的慈善组织，有市政公所、京师警察厅等下属的，都由政府拨款；也有带点儿宗教色彩、私人出资筹办的。总名目有第一、第二救济院、慈善五族平民教养院、贫民教养院（分内外城）、社会救济院、极乐万善慈缘总会、龙泉孤儿院、广仁堂、崇善堂等。冬天，慈善机构会开设粥场舍粥，舍棉衣；夏天，舍单衣。先农坛里设有树艺教养所，专门收无业游民，教给他们园艺，以便他们日后谋生。北京有义学，有所市立平民学校，分初小和高小，也是不收一分学费。但凡能坚持到高小毕业就能找到点儿工作，甚至都能去教初小了。还有为盲童设计的启瞽学校。

另有如功德林有流栖所，即穷人的收容所，也会发医药和服装，但一般做不到遣送回原籍。广渠门内有育婴堂。还有陆地慈航，是由牛车拉着，发现死人就运走埋了。各处会有义诊，看病开方子都不收钱，然后自己去拿着方子抓药。北新桥一带的义诊，在现在北新桥二条的报恩寺里，周围人都去看。

而大批富有的老字号为了博得名声，也会大做慈善，顺便也做了广告。同仁堂乐家除了舍药，还会在挖沟的地方点上夜灯，以方便路人。北京饭店也经常举办慈善游艺会或慈善舞会，门票一元到三元。

老北京有几位知名的慈善家。他们不仅掏钱，还做了很多实事。做过总理的熊希龄创办了香山慈幼院，专门培养孤儿。老舍童年时上不起学，是西四著名的刘寿绵刘善人供他上学的。西直门大街一半都是刘善人家的产业，后来他散尽了万贯家财，带着女儿一起出家了，成了宗月大师。老舍先生的很多小说，都是讲贫困线以下的滑稽和幽默。他笔下的穷苦人是真穷苦，但都真本分，可敬可爱。

如今，但凡读过点儿书的人，已经不易理解什么叫"朱门酒肉臭，路有冻死骨""兴，百姓苦；亡，百姓苦"了。他们想不到过去的人能去买二手的衣服和鞋子（不知是从活人身上抢的还是从死人身上扒的），也没见过大街上冻饿而死，一卷芦席埋到义地里的"倒卧"。

北京发生过很多次收编穷苦人的事儿。通惠河南边有条铁路，当年铁路沿线有很多外来劳工，他们把工棚搭建在铁路旁边生活，日久天长，被并入铁路系统，以集体户口落户北京了。1948年前后，北京编订户口，很多人寓居在某户，到新中国上户口的时候，他们就算是那里的人了。

中国走过弯路，人人都穷过，做人不能忘本，不能没有体恤，更不能张嘴"何不食肉糜"，尤其是读书人。

---

① 北京话，指火柴。

② 二荤铺，指不卖鱼虾、只卖普通肉食的小饭馆。一般认为二荤指肉和下水。

③ 指破布。

④ 指碎砖烂瓦。

声色野记

饮馔：北平味儿不只是流动的盛宴

书画界有溥心畬、张大千、黄君璧为"渡海三家"之说，而京派掌故界，我以齐如山、唐鲁孙、夏元瑜为"渡海三家"，其中，谈吃以唐鲁孙最为耀眼。

唐鲁孙的祖父志锐是清末的伊犁将军，固守儒家君臣大义，辛亥年为革命党所杀。唐鲁孙本人也做过不少官，退休时是烟厂厂长。可世间并没有一本详细的唐鲁孙传流传，我并不知他具体的年谱，只知他六十五岁后开始笔耕，给"自己规定了一个原则，就是只谈饮食游乐，不及其他"（《饮馔杂谭中国吃》的自序《何以遣有生之涯》）。他将品食阅世全化作十几本书，三分说掌故，七分谈饮馔，却故意隐藏了一生的宦海沉浮。

唐鲁孙先生有言："世界上凡是讲究饮馔、精于割烹的国家，溯诸以往必定是拥有高度文化背景的大国。"过去北平饮食之丰富，皆因北平为政治中心，各路军阀走马灯般登场，南北大菜也如流水席般进出。唐鲁孙先生写北平，写滋味，更写北平味儿，明写饮食，暗写读史阅世；谈论饮食，不是为了想着去哪儿打牙祭当"吃货"，而是为了诉说对社会、对他人的爱。

在唐鲁孙等饮食掌故作家笔下，整座北平城是一场流动的盛宴，但又绝不止于盛宴。

一

　　收拾东西时，我看到家里旧时的户签是块半尺长、画着白格的蓝漆铁牌子，填着家中的户主和人口。天头上两个字写的是"北平"。

　　民国十八年（1929 年），家里在中南海开过个酒楼，叫爱翠楼，现在只剩下几把刻有"爱翠楼"的铜勺子。我每次看那勺子，仿佛苔丝看到勺子后面的家徽。

　　民国时期至新中国成立以来，北京遍地是各省各地连带西洋外藩的馆子，1924 年开了卖江苏菜和西餐的森隆饭庄（他家确实有中西餐），二三十年代开了经营淮扬菜的玉华台饭庄和淮阳春、经营山东菜的丰泽园，1945 年有了大地西餐厅，1953 年有了马凯，1956 年更是将上海的美味斋搬到了菜市口，在南城也能吃到响油鳝糊了。

在我小时候，是母亲带我出去吃饭，能记得几家不错的馆子，回味几种入口的菜肴。北新桥十字路口东南角有家居德林，原先叫居士林，专营素菜，后来荤素搭配，擅长红扒鹿肉与金钱豆腐，西湖五彩鱼味道的层次感很强；东四十二条森隆饭庄的八宝饭，味儿甜，嵌满了葡萄干，但有一次把香酥鸡腿炸得像个手榴弹；东四过马路有瑞珍厚，焦熘鱼片赛过清蒸皖鱼；全聚德的鸭舌猴头菇，能从猴头菇上的每根"猴毛"中喂出味儿；宽街白魁老号，屋里烧着羊肉，屋外卖着酱羊蹄；东四砂锅居里炖着酸菜白肉与砂锅鱼皮；鸿宾楼大盘子里举着撒满芝麻的羊肉串；忘了是哪家能做炸鱼肉豆沙卷，雪白的鱼肉裹成卷，里面填上豆沙馅炸，端上来的是个青花瓷碟子，那卷像炸春卷，但比春卷大，鱼肉不咸，很淡，还几乎没有刺……更多的记忆，是鼓楼下一天三过马凯餐厅而不入，专到地安门小吃店吃冒着热气的素炒疙瘩；德胜门内东南角有家卖羊杂汤的会多给羊肝羊肠；宽街白魁老号漂着香菜与芝麻酱的豆面丸子汤；仿膳的栗子面小窝头和豌豆黄；东安市场里红彤彤的广味卤鸡腿，北门那里还有一盘盘撒满雪山般白糖的奶油炸糕……

当我走遍大半个中国，想安心回味一下时，却再也找不到儿时尝过的北平味儿了。

过去，北平地处塞北幽燕，只有枣栗之腴，物产并不丰饶，没有海鲜，也不擅做鱼类。过去海鲜多是干的，讲究怎么发海参、鱼翅（当然现在不能吃鱼翅了）；鱼多红烧、侉炖或酱炖，会带土腥味儿，与东北、江南的鱼没法儿比。北平菜擅长抓炒与焦熘，多是抓淀粉或勾芡，卖相差，凉了就凝结成一坨儿。这里多风干燥，不嗜辣椒，每逢冬天，大街上满眼都是冬储大白菜。大白菜一车车几百斤地买回家，菜心凉拌，菜叶醋熘，菜帮儿剁了包包子。

那些八大楼多以山东菜为主，八大菜系也无北平菜，刨去涮肉、烤肉、烤鸭，传说中的满汉全席、清真大菜与各路小吃，干炸丸子、京酱肉丝、地三鲜、烧二冬、爆两样，这便是家常的京味儿了。自家里经常做一点儿清炖羊排、葱爆羊肉、米粉肉、酱豆腐肉、蒸狮子头，还能蒸鸡蛋饺，全在肉上找，好像是在开二荤铺。

百年世事变迁，胡同中不见过去的宅门，四合院里各家分家后都搭小厨房。南方各地下酒多是用鱼虾海鲜，而北京人下酒则剩花生、毛豆、小咸菜，即便依然讲究形式，要把咸菜切得跟头发丝一样细，仍是咸菜，曾经的那些八大堂、八大楼、八大碗、八大居，剩不下一两家了。

但我想，北平味儿再淡也还是有的，它不仅存在于早上炒肝、中午卤煮、晚上爆肚的臊气中，还存在于涮锅子的腥膻中、烤鸭的油腻中，以及唐鲁孙的书中。

不知如今北京一片月能映照着多少胡同人家，做出唐鲁孙先生当年的味儿。

二

唐鲁孙先生写作，是掌故中带着吃，吃中带着掌故，带着名士知交们的回忆。他记性真好，几十年前吃的食物、场景都历历在目。读他的书，眼前会浮现清末的人把辫子盘在头顶上，一脚踩着长条凳，把拿筷子的胳膊弯成弧形，一边低头往嘴里使劲儿杵刚熟的炙子烤肉的情景。

唐鲁孙曾念叨，东来顺有道菜叫作"炸假羊尾儿（北京话尾巴的尾念 yǐr）"，我在东来顺中没有见到。后来跟着昆曲家张卫东先生学曲时，常去台基厂的一条龙，看到这道菜居然还活着，就叫炸羊尾儿。端上来是一大饧盘①，里面放一个个淡黄色的点缀了青丝红丝的"馒头"——是用鸡蛋白打出泡来，裹上细豆沙和面炸出来的甜品，入口极为鲜嫩。听说最早是裹上羊尾巴油，但因太过油腻而改用豆沙。这菜五个起做，一般是最后上桌，哪怕坐在单间里，众人把酒闲话，或篳笛唱曲，操三弦做戏，菜香味儿中混着昆笛声和水磨调的悠扬；酒酣耳热之际，耳边都传来后厨为这道炸羊尾儿哒哒哒哒的打鸡蛋声。

唐鲁孙曾说，当年北平吃黄河鲤，"网上来的鱼，一定要在清水里养个三两天，把土腥味吐净"，咬春时春饼卷的合菜中的绿豆芽，为了口感要掐去头尾。如今谁还这么做呢？他大讲名士与名菜，他讲扬州大煮干丝的种种名堂、佛教徒的素菜，连带着月饼、元宵，泰国的啤酒、小吃，美国的牡蛎，兼有梨园八卦、军政秘闻。

而能和唐鲁孙先生交流的，是他写的果子干。他写的果子干只有杏干、桃脯和柿饼，而现在做果子干一般不用桃脯，会换成山楂，外加切成斜长的藕片。他写秋天新下来的水果与夏日的河鲜儿，写满嘴是油的羊霜肠、甜滋滋的熏鱼、炸面筋、不多见的素咸什、虾酱，写我从小作为早点的糜子面面茶、芝麻烧饼、炸油条，写我最不爱吃的咸菜大蒜臭豆腐和最爱吃的奶酪奶卷奶饽饽……

三

唐鲁孙书中的故事，过去八十年了，连母亲带我吃遍东城区，也过去二十多年了。论菜品，北平菜的味儿以儿时的萃华楼为佳，是中通外直，不蔓不枝，其味道中庸，不咸不淡，展现食材本身味道，那股味道沉稳地往下走，而不是水煮鱼般地冲脑门子。

北平菜不是烈酒，而是香茶。好茶贵在回甘。

北平菜不一定好吃，北平菜可以不好吃，但北平糅合了各地的美味，北平不能没有味儿。

写好美食掌故类的文章，得是出身世家且通经通史的学者，外加能琴棋书画、诗词曲赋兼粉墨登场，幼年吃尽穿绝，老来落魄如张岱者，用大材小用的笔法，方能引人入味儿。这类稿子写起来，有的人堆材料，有的人掉书袋，有如朱家溍先生者则不屑于写，只是口述，随便聊聊。唐鲁孙不掉书袋也不堆材料，直接堆菜码。他晚年远离家乡后写的这点儿北平梦华录，只谈风月，不谈风云，如《茶馆》掌柜王利发一样。但他骨子里不是诗家，而是史家，他如此之细致、反复地写北平的吃食，乃至扩大到全国的吃食和北平往事，只仿佛要将他平生阅历以春秋笔法留予后人，从那北平梦华的年代里，力透纸背地带来点儿旧滋味。

唐鲁孙写过旧王孙溥心畬，溥心畬留了十七首岔曲，我喜欢其中一曲《菜根长》：

酸辣鱼汤，红焖肥肠。半斤的螃蟹，高醋鲜姜。烧卖是脂油拌韭黄。【过板】糟煨鸽蛋，蒸熊掌，雪白官燕把【卧牛】鸡汤放。寄言纨绔与膏粱，繁华转眼变沧桑。山家风味真堪赏，鸡豚不似菜根长。

唱罢溥心畬的曲，读罢唐鲁孙的文，你会悟到生当做弘一法师，二十岁前吃遍人间花酒，中年时求尽学问艺术，晚年出世以求得生命境界。翻回头来再品北平的滋味，不只是一派流动的盛宴，更融入那"繁华转眼变沧桑"中了吧。

不写了，蒸我的狮子头去吧。

---

① 北京话，指大盘子，类似现在盛鱼头泡饼、大盘鸡的那种大盘子。

声色野记

字号：北京梦华录

想当年，北京城里东单、西四、鼓楼前，前门、王府井、大栅栏，外加天桥、菜市口、花儿市，更有那一条条的旧货街、皮货街、绣花街、木器街、干鲜果子街、玉器街、灯笼街、图书文化街……那么多鳞次栉比的老字号，能排列出一部堪比《东京梦华录》的北京版来。沿着街捋，挨着家逛，吃吧，买吧，玩吧，可着劲儿地造吧……一辈子也说不尽哪！

一

　　想起过去的那些老字号，多少有些心酸。

　　字号是有生命的，而要它们命的是历史，要活命得先抵住社会变迁。美国人多少代都喝可口可乐，可乐能多少年不走样，美国本土又不打仗，这字号如同铁打的。可中国不行，站在北京前门大街四下里望，以前的字号一家挤着一家，义和团一把火点了老德记洋货铺，火烧连营，那些字号全成灰了。

　　若论中国的老字号，足有上千家，然而盈利的不过十之二三。就如同被义和团一把火点了一样，老字号如风般地退场。现在，只有个别厌恶快餐并怀抱旧式光阴的人，才想着今天是什么场合，要到哪个馆子点哪个菜；想着逢年过节，给亲戚提拉一份稻香村的点心匣子。但在穿衣上，也绝少再有去瑞蚨祥、谦祥益买布现做的，也不在家穿千层底，冬天也没人穿毛窝（棉鞋）；不舒服了去医院，而不是去同仁堂找坐堂大夫；能用资生堂，就不用蛤蜊油、雪花膏……西洋字号逐渐代替了中华字号，这不禁让人想起常四爷的话："咱们一个人身上有多少洋玩意儿啊！老刘，就看你身上吧：洋鼻烟，洋表，洋鞋大衫，洋布裤褂……"

我对老字号是留恋的，不论是逛老街还是看老照片，我喜欢看那些字号，看字号上的幌子和广告语。

每种行业都有个幌子，幌子也叫招幌。《清明上河图》里就有幌子。民国时期有个洋摄影家叫甘博，他狠狠地拍了一通前门大街，能从中看到许多老式幌子。最近见到街面上保存的老式幌子是在安阳老城区，一家过去的药铺，现在已成民居。

现有的幌子基本照旧，理发馆是用圆筒的三色转灯，东来顺还是用火锅，而茶叶铺吴裕泰立了个抹茶冰激凌道具当幌子。

过去，每种行业都有广告语。那种用词不上书本，只相当于民间俗语，典雅，内敛，模拟对联或四六句，化自古人的思维方式。现代人能模拟文言，但难模仿过去字号的习惯用语。那些广告语连带字号名都是用书法字体雕刻在砖石上的，其中不乏民国时期书法家的手笔。旧京有位书法家叫张伯英，前门外的字号，大半出自他手。而天津的字号，则多出自华世奎之手。

各行广告语和字号，都有自己的写法。

比如一家药铺，在一间门面的上部有女儿墙，从右往左分别是：

自办各省，地道药材，照 × 批发

下一排，右起是"泉香桥井"，左起是"春满杏林"，中间是字号："同 × 堂。"（中间的字看不清）。

又有一家杂货店，上下联分别为：

各种槟榔加工改造适口精良
奇品名烟批发各省与众不同

横批："槟榔 × 批发。"

有一家叫福兴居的饭馆，来得干净利落：

福兴居饭庄包办南北酒席内设旅馆

其中"饭"字写的是"飰"，用了个很少见的异体字。

兴华园浴池的对联为：

难比趵突敢比趵突
不是华清胜是华清

中间横批："洁净盆塘。"

如今，很多字号和广告词都被铲掉或抹平了。当一个字号手艺不是原来的、经营不是原来的、氛围更不是原来的时，那也无从谈承传了。

二

自家称呼自家的字号，习惯叫"柜上"。我想起很多柜上的故事，也有些其他字号的故事。

一年夏天我去过一趟福建，确切说去的是闽西，那里有个地方叫永定，特色建筑是土楼。从土楼群中钻出来，我们来到一个小村，村里的文物叫虎豹别墅，是胡文虎、胡文豹家族的产业。

胡文虎这个人，是与陈嘉庚并称的大慈善家，听名字就很江湖气。他出身江湖郎中家庭，文化水平不高，却混迹江湖，仗义疏财。他有个残疾兄弟叫胡文豹，兄弟感情颇深，他一直照顾兄弟，一向是虎豹并称。他开创的品牌是万金油、八卦丹等，在民国时期畅销一时，什么都治。"万金油"成了一个词，现在还在使用。他们1920年就进军新闻业，在南洋一带有四十家报纸，缅甸的《仰光日报》、香港的《星岛日报》等，都是胡家的产业。

论规模，当时北京没几个字号能与之匹敌。但多少年后，胡家的产业传到女儿胡仙手里，破产了。

胡家在 1949 年后没留在大陆，而是下了南洋。大陆的万金油渐渐被清凉油代替，新产品开发得不够好，卖万金油还能衍生出什么东西呢？顶多是跌打损伤膏。报业经营得不顺，倒也还上了市。倒霉的是，80 年代胡家搞了房地产，1997 年又经历了亚洲金融危机，这是个很惨的故事。

同样是医药，还有个相对小成、一时爆款的东西：北京长春堂的避瘟散。

民国时期日本的祛暑药仁丹一时流行。仁丹的包装上是个留着日本胡子的男人（有个词叫"仁丹胡"）。那正是人们在心里抵制日货但表面上不得不用的阶段。北京长春堂的老板孙崇善（人称"孙老道"）抓住时机，顶着仁丹发明了避瘟散。避瘟散的包装上画的是个打坐的年长道士，孙老道本身也是火居道士①。避瘟散本着能治闹过一时的虎烈拉（霍乱），也本着民族情绪，这产品在民国时期风行一时，后来便完成使命，退出舞台了。

发家的字号各有各的不同，但败家的字号大多相似，多是因为家庭内部纷争，出了败家子，也有遭遇战乱、供应链的断绝或资金短缺的，一言以蔽之，经营不善罢了。

但字号败亡，有隐藏的原因。

声色野记

三

老字号的制度与现在的不一样，是伙东制和学徒制的混合体，浸透了中国家庭伦理。

伙东制是东家出钱请一位掌柜的，也便是现在的职业经理人和 CEO。旧京山西人善于经营，东家多是请他们来做掌柜。这制度讲的是规矩、人情和伦理，没有严格的考察。这就等于一家企业里没有董事会和监事会，没有对所有人的量化考核与监督，也没分清大掌柜与东家——CEO 和股东——的职权关系。东家没分家时，整个大家庭都靠这桩买卖来吃饭，全家的钱便是柜上的钱。干活儿分钱时，便不易区分，这是传统的大锅饭，很容易滋养败家子，更有扯不干净的近亲繁殖和家族矛盾。

旧式的字号不介意任人唯亲，都是自家的买卖，肯定要首先选用亲友，用信得过的人，雇伙计也要找铺保。一家字号经营的成败，一半以上倒要看这家几房之间的关系。企业与家族不分，事业与家庭不分，事业败亡了，家族也跟着分崩离析。

另一个制度是学徒制。学徒在字号里干活儿，用不着上学，多是十几岁跟着学徒三年，三年中学成手艺便出徒，但多是留在柜上继续当伙计，一直干到老。这样二十年下来，即便是个伙计，也能在乡下买房子置地了。

作为一家字号的伙计，在过去并不容易。我的祖父念了几年私塾，十二岁起，在前门外的鼎仁当铺（这个字号得自家里的说法，并未考证）学徒三年，学成了便回来干自家的买卖，跟着曾祖学习照相。问家里人：为什么去当铺？答曰：当铺里吃得好，不挨打，条件在各种铺子中算好的。

伙计肯定会为字号服务一生（也不会干别的），但学徒的时候，多是受难受气，伺候师傅一家，受尽委屈。老舍先生的《我这一辈子》里，当巡警的主人公是裱糊匠学徒出身，开头几章写尽了学徒之苦。"能挺过这么三年，顶倔强的人也得软了，顶软和的人也得赢了……一个学徒的脾气不是天生带来的，而是被板子打出来的。"但对东家而言，徒弟太老实太笨的话，做事不灵光，太聪明的话，肯定会干活儿偷手，保不齐就卷铺盖跳槽，所以制度森严也在所难免。

落后的经营方法会弄得土不土、洋不洋，新派和老派都不待见，难以迎合年轻人，也无法融入生活。这或许是老字号衰落的根儿上的原因。

再者，原先的老字号的消费群体很稳定，稳定到能不用现金，多是在年中、年关时才结账，体现的是品牌忠诚度。熟识的买卖人，谈事多是君子协定，不必签合同，完全靠口头，一说就这么定了，就这么执行，现代社会则不一样。过去是人情社会，

26

声色野记

是一个道德社会，现代是契约社会。契约可以撕毁，但道德与人情不能违背，就像中国的礼教。

老字号最终面对的是社会的变化和消费者的变化。以前阿胶是有钱人用的，而现在普通人也用得起。过去人活得好好的不会送人参，都是人落了炕快不行了，送上人参熬汤，再硬撑一段；不像现在，有了西洋参，没事嘴里含着。过去没有炼乳和巧克力，生孩子的妇人为了补营养才用阿胶。如今北京的字号，除了同仁堂和稻香村，几乎都退化了。

中国的老字号绝不是产品不如人，而是经营理念、企业文化赶不上时代变迁。国货不重包装，更不重审美，这是一大败笔，要知道，普通人买个拿得出手的东西，不是为了自己，多是为了装点给别人看的，更多是为了送礼，或为了情侣之间的点缀。马应龙是研制药膏的，做的眼药和痔疮药都极为好用，它的产品被美国人奉为圣物。单从这一点，就知道中国字号能卖，重要的是看我们怎样经营。

四

过去北京人的生活是与字号绑在一起的。北京人习惯请客或收徒弟去鸿宾楼；做买卖开张去东兴楼；考试中了去泰丰楼（在南方可去状元楼）；而有好事了，去致美斋；纯属聚会雅集，到同春园或同和居……去哪个饭馆、请谁、吃什么，与人的生活绑在一起。"头顶马聚源（帽子），脚踩内联升（鞋），身穿八大祥（八家大绸缎庄），腰缠四大恒（指四家银号的银票）。"过去的生活，不能不用老字号。

我们侯家经营过仨字号——德容、爱翠楼、松竹林，一个照相馆、俩酒楼，又在一些字号里有点儿股份。可不到一年，伯祖父和曾祖父先后宾天，家里没多久就卖了三进的小院，从南锣鼓巷的黑芝麻胡同搬到我现在居住的北新桥。原因是欠的债还不上，家里没人挑大梁。这仨字号起码干了四十年，公私合营也过去六十年了。现在，我总是在脑补祖父、曾祖父、叔伯祖父们如何辛苦地管事，他们上上下下地忙碌着，而伙计们却各种偷懒，最后都跑光了。我不忘家中的字号，它们养育了祖先，也养育了我，否则我不会来到这个世界上。我日日夜夜地想，为什么我家的字号没了，而香奈儿还活着。

我想念家中的字号，我不知怎么弄得兴旺，但知道它们是怎么完败的。我希望每家字号都前途光明。

---

① 指信奉道教而在家修行的人，属道教正一派。

声色野记

水乡：北京变形记

　　不曾想到，北京曾是一座水乡。

　　明清时期，寄居北京的南方士大夫们正写着北京似江南的诗句，李东阳、文徵明、公安袁氏兄弟、查慎行都写过。嘉靖四年（1525年），文徵明到北京的西山旅行，写了《游西山诗十二首》，最末一首为《暮沿湖堤而归》：

> 春湖落日水拖蓝，天影楼台上下涵。
> 十里青山行画里，双飞白鸟似江南。
> 思家忽动扁舟兴，顾影深怀短绶惭。
> 不画平生淹恋意，绿阴深处更停骖。

　　文徵明的日子过得并不爽，他在北京时已经五十四岁，只能写写诗文寄托一下情感。袁氏兄弟的状况比他要好一些，袁中道写了首《德胜门净业寺看水》：

> 南人得水便忘忧，两日三番水际游。
> 花露沾水浓似雨，潭风着面冷如秋。
> 拖沙带荇流何急？掷雁抛凫浪未休。
> 天外画桥桥上柳，只疑身在望湖楼。

　　净业寺位于西顺城街，西顺城街是东绦胡同、中绦胡同、西绦胡同与城墙之间的一条斜街，如今这里看不到水，只能看到拥堵的二环路，远没有袁中道那种看出望湖楼的感觉了。

一

北京的任何地名都是有来头的，叫什么名，原来那里就是干什么的。过去叫河沿儿（yànr）的，那里就是河的边沿。不能直接看出旧日样貌的是经过了雅化，比如过去有一条臭水河，叫臭水河胡同不好听，就改名叫受水河胡同。北城的地名，像水簸箕胡同、一溜河沿、东不压桥等，过去都是水域。又如南城的胡同，潘家胡同（最早叫潘家河沿儿）、韩家胡同（原名韩家潭，八大胡同之一），过去也都是水域。新帘子胡同、旧帘子胡同也是如此，在菜市口一带，以前叫新、旧莲子胡同。天安门周围的南池子、北池子、菖蒲河沿儿，都叫池子了，还能没水吗？至于那些毛家湾、苇子坑、芦苇园、金鱼池、东坝等，则更是遍地泽区了。

还有很多地名与井有关，自来水厂是1908年才有的，在那之前人们是打井吃水的，往地下挖一米多就能见水。王府井是井，大甜水井、三眼井、沙井都是井。三眼井胡同，就是因为胡同中有三眼井，可以由三个人同时打水。东直门外有口井，据说总是满的，所以叫满井。万历二十七年（1599年），袁宏道去那里玩了一圈，写了篇《满井游记》，写现今的东直门外使馆区到工人体育场三里屯这一带当时是"高柳夹堤，土膏微润，一望空阔，若脱笼之鹄。于时冰皮始解，波色乍明，鳞浪层层，清澈见底，晶晶然如镜之新开而冷光之乍出于匣也"。

北京的湖更多，紫竹院有湖，龙潭湖是湖，陶然亭有湖，大的莲花池也是湖。潭也是到处都有，积水潭、黑龙潭、玉渊潭（以前叫八一湖）。淀也是不少的，海淀、金盏淀、高桥淀、清淀、泗淀，等等。

这些地名当年都属于水系。历代的权贵富户争相在城里建筑私家园林，而那些园林多是引用城中的活水。直到清代，皇家才禁止引活水进入私宅，和珅家花园引水便成为他的一大罪状。

北京是一座建在水上的城市，曾经赢得"塞外江南"的美称。

二

管大片的水域叫海子，这是辽金以来流传下来的称呼。北京城的正中心有六片水域，即北海、中海、南海、后海、前海与西海，这是城里最为主要的水域。其中北海、中海、南海叫西苑三海，从金章宗开始就打造皇家园林，经历代修建，在清代达到鼎盛。现在北海是公园，里面有金人从宋代开封的宫苑艮岳移来的太湖石，那宋徽宗曾经玩赏过的园林一直流传至清代。中海和南海并称中南海，后海和前海并称什刹海，西海的位置相当于积水潭，和古代相比，积水潭的面积已大大缩水。那里是元代郭守敬营造过的漕运码头，南方的漕粮通过 2700 多公里的京杭大运河来到积水潭，先进入粮仓，再走进千家万户。

最先在北京建都的是春秋时期的燕国，当时其都城叫蓟城，统称为燕都或燕京。在随后的一千多年里，北京一直处于休养生息的状态。这里和历代的都城一样，是消费型的城市。周边种植的水稻和小麦无法满足当地人的生存所需，得从南方运粮。隋唐大运河贯通后，北京才算有了较为充裕的嚼谷。大运河起点在杭州，经过洛阳，终点在北京通州。等到了元代，京杭大运河贯通后，从杭州出发，不经洛阳，直接通往北京，全长1747 公里，比隋唐大运河缩短了 900 多公里。而来自南方的粮船可以沿着元世祖忽必烈命名的通惠河从通州运到积水潭，随后粮食被运到北京的各大粮仓之中，最终走入千家万户。元代兴建大都也是看中了交通便利这一点。这段河道的落差不是很大，而郭守敬在这段水道上修建了7座水闸，通过控制水闸和斗门的关闭与开放调节运河各段的水位高低，引导船舶顺畅通过。当年漕运兴盛的时候，可以说"万帆争渡""舳舻蔽水"，浩浩荡荡，场面十分壮观。

到了明代，南方来的船没法儿开到积水潭了，都是开到东便门以外。北方是有冰冻期的，漕运都是从五月份运到九月份，还形成了相当规模的漕运文化。清代乾隆年间有一幅《潞河督运图》，反映的就是漕运的场景。到了民国时期，漕粮全征折色，漕运才被废除。

除了通惠河，金水河也是北京城里的重要河流。《日下旧闻考》称："护城河西面之水，自紫禁城西南隅流经天安门外金水桥，往南注入，是为外金水河。"元代金水河从西直门南水关入京城，到甘石桥又折向北，再向东流，从西步粮桥入太液池（今北海）。到了明代，金水河改道，东流经高梁桥，分为两支：一支注入护城河，另一支流经积水潭、什刹海、北海，再往南直至穿过天安门前的金水桥，流至通惠河。整条赵登禹路、大半段太平桥大街，绕过齐白石故居向东，整条辟才胡同、灵境胡同，再穿过府右街到中海，这条路线在元朝都是河道，不是街道。明代的北京城比元代的大都往南移动了几公里，仍旧利用了元代的金水河，并在河上修了金水桥。因此赵登禹路在明朝还叫作大明壕，到了清代叫西河沿，是防洪的排水沟防，1921年才开始修成道路，叫北沟沿，抗战胜利后才更名赵登禹路。

不仅北京城里有水，城外更是环绕着永定河、拒马河、温榆河、潮白河和沟河五大水系。通惠河通州河段河边上有燃灯佛舍利塔。"一支塔影认通州"，是清代诗人王维珍乘船至通州时所作的诗句。最早记录北京地区的图片资料之一就是英法联军随军摄影记者于1860年拍的燃灯佛舍利塔。那时候北京的整座城，一半是鲜花，一半是绿树。护城河边上经常见到骆驼喝水。往北说，海淀圆明园里面有一片未开放区，在英法联军烧完圆明园后一直没开放，前几年开放了。在开放以前，那里完全是荒凉的山水之景。往南说到大兴，乾隆皇帝到南海子行猎时，团河行宫里面也是有水的。北京城里水域多得写不过来，单单以海淀为例即可看出：

海淀的河：万泉河、肖家河、清河、北安河、金沟河、永丰西河村、西北旺东河、紫金长河、高粱河、小月河、南沙河、北沙河、莲花河、昆玉河、南长河、北长河、北玉河等。

海淀的湖：昆明湖、玉渊潭（八一湖）、稻香湖等。

海淀的泉：灵泉、卓锡泉、金山泉、温泉、冷泉、玉泉等。

船坞：南坞、中坞、北坞、太舟坞等。

……

海淀区，一半是山，一半是平原。过了颐和园有一条路，即346公共汽车走的线路，一直往西北方向山里面行去，有一站叫温泉，温泉南面有一站叫冷泉，过去都是有泉水、能疗养的地方。传说天下最好的泉水是玉泉山的水，乾隆皇帝给这里题词叫"天下第一泉"，古代建有华严寺和静明园，一共有五座古塔，民国时期开设了玉泉山汽水公司，同样也是郊游胜地，现在不向民众开放。古代都是把玉泉山的水装进水车，插上龙旗，一直从玉泉山经西直门运到宫里，所以西直门也叫水门。过去卖酸梅汤的小贩，吆喝声都是："玉泉山的水来，东直门的冰，喝得嘴里凉了嗖嗖。给的又多来。汤儿好喝呀——"

只怕是如今，从通州到海淀都没有那么多的水了，也没有那种古法美味的酸梅汤了。

三

北京的水是怎么来的？那还真是源自天然，远古时期这里是片海，是北京湾，慢慢地，海水退了，陆地出现了。人们看中了这片水才在这里建城的，如果这里没有水，人们就不会在这里建城，也就不会有北京了。

北京的北面、西面是燕山山脉，是山；南面和东南面是一望无际的平原，如果画张图把这几面与北京城连起来的话，那北京城看起来真是个好地方。

中国历代古都都要背山面水，符合古典风水学的标准。长安是八水绕长安，渭、泾、沣、涝、潏、滈、浐、灞八条河流，因此有"八水皇都王气长"之说；洛阳是五条水穿城而过，北面是苍茫的北邙山。"北邙山头少闲土，尽是洛阳人旧墓。"可想当年的繁荣。杭州北面有孤山，南面有西湖；开封也是五水穿城过，貌似没有什么山脉，宋徽宗不惜人力财力堆积艮岳，以保证皇家风范的长久，倒是因花石纲的巨大花费闹得人怨沸腾，这也是北宋灭亡的原因之一。

北京是五大水系绕城而过，北面是连绵起伏的燕山，即阴山山脉的支系，西面是太行山的余脉。今天的昌平、海淀、门头沟的部分地区都是山区。正是这些山水，滋养着北京的皇气，也成了北京被定为都城的原因之一。

而这五条水系连接着整个北京内外城的水系。也就是说，北京的水都是活水。夸张点儿说，在什刹海放盏莲花灯，在通惠河都能捞到。历朝历代，都在不断加强对北京水利的建设，哪里的河道断了，就把它修好。甚至可以说，北京是水乡，曾经水多得经常发大水。看《明实录·北京史料》，经常见到"前三门外水无归宿……水顺城门而出，深则埋轮，浅亦及于马腹，岌岌可危""家家存水，墙倒屋塌，道路因以阻滞，小民无所栖止，肩挑冒雨觅食维艰""外城之永定、左安、右安各门，雨水灌注不能启闭，行旅断绝，一切食物不能进城"。"广安门、右安门外一带，平地水深丈许，一片汪洋，居民露宿屋顶树巅，呼号求救"，"南西门、永定门外数十村庄被水淹……非用舟船无从拯救，一时造办不及"。（《清代海河及滦河洪涝档案史料》）

然而，北京的水日渐稀少。水到哪里去了？表面上看，都被填了。从民国时期以来，北京多处沟壑湖河填平了。民国时期填平了赵登禹路、东不压桥，1952 年填平了龙须沟，1958 年填了大明沟，前后还填了柳荫街，1988 年填平了太平湖，而李广桥、白石桥、甘石桥、大通桥等也都随着路面的不断增高而被埋起来或拆掉了，如今北京的路面比民国时期平均垫高了将近一米。人口的增长、地下水的过度开发、不合理的工业建设，使得北京已经不像过去那样往地下挖一米多就见地下水了，如今不知道挖多少米才能见水了。

四

罗马整座城不是一天建成的，北京的湖河也不是一天填平的。就像前文所述的金水河故道、赵登禹路的变迁一样，往往前朝两岸杨柳依依的河流到下一朝代就成了布满泥洼的小河沟，再过一朝成了臭烘烘的排水沟，接着变成暗沟，然后被填平，变成了胡同、街道，两边修起窝棚似的房屋。这也就是北京城有深宅大院也有破烂之所的原因之一。

植被是保持水土最好的方式。作为一座消费型城市，北京必需发达的水运交通；而为了维持水乡的风貌，周边必有丰富的原始森林。北京古代是有成片森林的。燕国时期这里的土特产是栗子与枣，《史记》《汉书》都记载，这里有"枣栗之饶"，如今的密云、怀柔还是枣和栗子的重要产地。那时的人只吃枣和栗子就可以活命。而北京城的西边和北边都是一望无际的原始森林。到了汉代，虽然王公们要用黄肠题凑的方式来安葬，建造一座汉墓就等于砍伐一片树林，但他们还是建造得起的，不会对山林造成大的破坏。那时的北京山林茂密，人烟稀少，大片的荒地无人耕种。之后的魏晋南北朝十六国时期，北京这片属于北魏，北魏分裂成东魏和西魏，东魏归了北齐，西魏归了北周，常年的征战使得这一地区的百姓纷纷逃往他乡。北魏时期的郦道元在《水经注》中写到居庸关一带的风景，是"山岫层深，侧道褊狭，林鄣邃险，路才容轨。晓禽暮兽，寒鸣相和，羁官游子，聆之者莫不伤思矣"。

到了唐代，北京还是"燕山雪花大如席，片片吹落轩辕台。幽州思妇十二月，停歌罢笑双蛾摧"，仍是塞北苦寒之地。这时对于森林的砍伐倒是出于一个不起眼的原因：隋唐以来，佛教兴盛，兴建了众多的大型寺庙，唐太宗征高丽失败后为了纪念阵亡的将士，在北京南城修建了悯忠寺，即法源寺的前身；在房山修建了智泉寺（今云居寺）并开始雕刻石经；等等。而唐代的安史之乱，使得北方大量人口逃向南方，整个北方经济都随之衰落。唐末石敬瑭造反，向辽国献了燕云十六州，从此北京成了"春渔于湖""秋猎于山"的地方。辽代的北京人春天要到通州区的大湖里去打鱼，秋天到海淀区西山山林里去打猎，打猎回来就可劲儿地吃，从兔子一直吃到熊，绝不放过一种野味。这就是南院大王萧峰的生活，何尝不让人神往！

而从金、元、明三代开始，北京的森林就开始遭到破坏。这些朝代分别建造了金中都、元大都、明北京城，金代还把历代皇帝的陵墓搬到了房山。等到了清代，北京城找不到巨型的树木盖皇陵和宫殿，不是从南方运来木料，就是拆改明代的。道光皇帝的陵墓用的金丝楠木也是木材拼成的，不可能找到整根的。

除了森林，北京城的地下水也是采一点儿少一点儿，地上河填一段少一段。从明清时期开始，北京的常住人口越来越多，交通运输不再完全依赖运河，而是渐渐依靠人力。自元代起，北京城的广袤水域开始大面积缩减，如今北京地面上的湖河面积大大缩小。

五

　　为什么北京变成了这样？

　　民国时期的学者张竞生曾经主张，乡村要城市化，而城市要乡村化。"乡村中只要在交通上、娱乐上、知识上组织成城市，但住居不但不要城市化，而最重要的是使它成为'大自然化'。"他怕过度的城市化会毁掉乡村原有的自然环境和淳朴的民风。而城市乡村化这个观念极为超前，现在已经得到了应验。城市中不能有太多的人口，反而要有大量的绿化，这样使得人们居住在城中却能看到"竹篱茅舍风光好"的乡村之景。照这样建设城市不费劲，但不知要有钱到什么程度的人才享受得起。这个理论，正是自古以来北京的建设原则。很少有城市像北京这样，在城中有一大片水域。这片水域在民国时期还很荒芜，现在什刹海体校的位置曾是恭王府的稻田，王府里自己种稻子吃，北海琼华岛的山上也尽显一片山野之气。但凡有钱人家，家里都有花园，普通人家也是养花种草。

正所谓园林中的"十年造园，千年养园"一样，对一座城市，我们得先养着它，然后它才能养着我们。从先秦一直到辽金，人们一直养着北京；元、明、清以后，北京才能养着人们，这才有了当时世界的中心"汗八里"——元大都。城市是这样，你怎么伺候它，它就怎么伺候你，这跟养鸟是同一个道理。

近百年以来，我们一直向北京索取，而没有给它任何的喘息，还把城墙拆了，河道改了，不仅吃它用它，连吃带拿，还把它的皮扒了，骨头敲了，连骨髓都要吸干净，这也是我们对不住北京城的地方吧。

江湖：生存之道

　　连阔如先生有本颇受争议的《江湖丛谈》，在他的笔下，算卦相面、挑方卖药、杂技戏法、保镖、卖艺、评书、相声、大鼓、竹板……连带着坑蒙拐骗，都是江湖行业，分为风（一群人骗）、马（一个人骗）、雁（用美色骗）、雀（用官职骗）四大门，和金（看相）、皮（卖药）、彩（戏法）、挂（打把式卖艺）、评（评书）、团（相声）、调（卖戒大烟药）、柳（唱大鼓）八小门，每门都有各自的门道。江湖人士认为这本书说了太多不能说的东西，也有人说里面说的很多东西不准。但不论如何，它告诉我们，社会底层还有一个"平地抠饼，对面拿贼"的江湖。

一

　　看网上很多人有这样的误解，认为唱戏、说相声的应该是
有文化的人，其实不然。过去，不识字的人照样能唱戏、说相
声、说评书、唱大鼓，甚至能演得更好，干这一行彻底不用读书。
我们总说相声是一门语言艺术，实则不然，相声应是一门表演
艺术。语言艺术只是其中的一方面。刘宝瑞先生有段相声把清
朝帝王的顺序讲错讲乱了，但实际上无所谓，这不会影响到他
的表演艺术，听众也不会较真。

　　再有的是，唱戏、说相声、说评书，戏曲、曲艺演员卖的
是表演功夫，而不是本身的文化，他们作品中那点儿对对子的

声色野记

文化，过去仅算文化常识，是我们全社会的文化水准已退化到把戏词、大鼓词都当回事的程度了。这样写并不是贬低他们，在电影《梅兰芳》中，我始终感慨于王学圻扮演的十三燕的台词："咱们是下九流啊！"

古代，演员确实是与娼妓同属的下九流。当年唐玄宗创梨园，整改教坊机构，乐籍中的人世世代代为倡优伶工，欧阳修在《新五代史·伶官传序》中特意批评了宠信倡优亡国的道理。然而，士大夫们是离不开倡优的。士大夫对倡优"仁"，倡优对士大夫"忠"，不同的阶层各安其位。

相声最初的演出方式是撂地，即站在北京天桥、天津南市那样的"杂巴地"里，在市场上、路边卖艺，之后才进了茶馆，进了小剧场，最终上了电台、电视台。早先就是一个人在路边一边白沙撒字，一边唱太平歌词，或用快板招揽顾客。用白沙在地面上画个圈，就表示要在这里卖艺了。表演群口相声，一般是两个人说话，第三个人上去插科打诨，三个人乱作一团时，吸引好事者过去围观。这个过程叫"圆粘子"，然后再"使活"把观众腕住，通过艺术感染力和表演后的打钱，使观众自觉地把钱从兜里掏出来。打钱是一门很大的学问，在赞叹演员技艺高超的同时也会感叹，相声这门艺术确实很江湖。

相声演员要会说、学、逗、唱、耍、弹、变、练八项功课，要会开场小唱、会白沙撒字、会置杵（要钱）、擅口技、会数来宝、会太平歌词、能说单口、能说群口、能逗、能捧、能怯口倒口（学方言）、能使柳活（学唱）、能说贯口十三项技能。这其中的数来宝现在演化成了快板，比相声更为底层。数来宝早先是跪着一条腿唱的，唱一些吉祥话讨赏钱，后来经历了"串街走唱"和"摆地演唱"的过程。这种表演形式方便快捷，在战场上上午用英雄事迹编了词，下午就能慰问伤员了，但确实是从古代的"丐帮"中分化出来的，那更是底层的江湖。虽然相声的创始人朱绍文（"穷不怕"）是落地的秀才，他学识渊博，但相声绝对是草根艺术。另有一门相声，叫作清门相声，是进宅门里说的，相对文明些，据说是起源于八旗子弟自我娱乐的全堂八角鼓，但并不在相声中占主流，且在清末以来也无法逃离江湖。

相声界是江湖，必然会常发生师徒反目的事；相声若脱离了江湖，江湖中就少了笑声。社会上不可能没有江湖，这种事不是文明与进步就能解决的。

二

大城市的白领、中产阶层，没接触过社会的年轻人，大多不知道街头卖艺、地下钱庄、流浪剧团、电话诈骗、网络传销、贩毒卖淫等从业者是怎么生活的。社会上总归是有不用考大学的人群的，也要有这样的江湖。许多文艺作品和影视剧喜欢拿其中人士是否遵守江湖规矩来做文章，但江湖人的首要目标是生存，不是生活，哪怕经济状况已不悬于生存的边缘。

江湖绝不浪漫，它是残酷的，过去江湖艺人的生活号称"刮风减半，下雨全完"，没有人刮风下雨还出来看街头杂耍。据侯宝林先生的自述，他年轻时看到北京下黄土的天，就干脆躺着不起床。同行来了，问是怎么回事。侯宝林先生说，起床了也没饭吃，更饿。早年间，要饭的甚至会用自残的方式，用刀子扎穿尺骨和桡骨中间，用铁链穿过锁骨，用砖砸自己的肩膀，那意思是说，都惨到这份儿上了，行行好给点儿钱吧。他们是有帮会的，有地盘，也有师徒，乞丐并不是所有人都能干的行当。

江湖中有行业暗语，被称为"春典"，使用春典被称为"调（diào）侃儿"，是江湖人的一套自我保护，以防止外人听懂，也作为行业区分。在侃儿上说，说相声的叫"团春"的，说评书的叫"团柴"的，资深的江湖人被称为"老合"。若真调起侃儿来，全天的生活都用暗语来说。曾有个笑话，相声表演艺术家郭启儒被尊称为老郭爷，他精通调侃儿，也曾被称为"侃儿郭"。有人请教他："这电视机调侃儿怎么说？"老郭爷想了一会儿，说："色（shǎi）糖望箱子。""色糖"指外国，"望箱子"指洋片匣子，电视机就是外国产的拉洋片的匣子。时至今日，曲艺中的"调侃儿"已没有过去普遍，但仍旧以术语的形式保存下来。而随着信息的透明，也有些年轻人会胡乱调侃儿，但现在少有人知道拉洋片是什么意思了。

为了防止反叛与纷争，江湖才有了规矩。所有的江湖道儿，都是历代江湖人的鲜血积累而来的。江湖中人对于规矩十分暧昧，就像《古惑仔》中，陈浩南因被下药而与兄弟山鸡的女友相好，他的大哥 B 哥在关公像面前用点燃的香去烫陈浩南以示公开处罚，既舍不得，但又要这样做。而陈浩南认罪受罚也是一种表现，既维护了 B 哥，又企图挽回个人颜面。

江湖规矩是个辩证的问题，江湖中人最忌讳偷艺，但很多人确实是靠"捋叶子""摘桃"等"瞟学（xiáo）"而来的。而拜师不过是允许你名正言顺地偷学师傅，有名气的师傅自己演出、社交还忙不过来，哪有时间教徒弟？能带在身边就不错了。再者，艺人都知道要苦练真本领，技艺不好，观众肯定不会买账。他们确实是因吃不上饭才去学艺说相声的，演出是为了挣钱，所谓的艺术追求也是为了卖得钱。所以，演员一旦红了，必然会拿架子耍大牌，偷懒，不卖力气，人性便是如此，不卖力演也能上座，那费那个劲儿干吗？

我们真应该佩服江湖中人，把读书人扔到江湖里，被卖了还会帮人点钱，分分钟就死掉了，连死都不知道怎么死的。

三

江湖艺人的思维方式、价值取向与一般人不同。

江湖艺人大多不攒钱或攒不下钱，因为我今天受了很大的苦赚的钱，我不花干净了就对不起我自己。很多艺人都挨过饿，一旦能吃饱后，绝不会省着。

江湖艺人多是昼夜颠倒，因为饱吹饿唱，吃饱了没法儿演，晚上演出后，要聚餐，连带抽大烟和社交，肯定要折腾到后半夜。

江湖艺人从万人瞩目到穷困潦倒，也许只是一夜之间的事。民国时期甚至会有冻死饿死于街头的事，至今仍不鲜见曾经风光一时的港台明星晚景凄凉的新闻。

江湖艺人学艺就要挨打。演错了挨打，因为那是被处罚；演对了也要挨打，那是让你记住以后就这么演。对于打，人家有理有据，认为打着学得瓷实，用现在的话说叫肌肉记忆。手抬得低了，只有挨了打才能抬得高，演出时是不经大脑思索的，是肢体语言记忆的。不仅学说唱戏要挨打，学说相声、练杂技都要挨打，这叫鞭徒。打徒弟，外人是不能多言的，更不能拦着。

江湖艺人的师徒关系很是微妙。我们不能按照章太炎与黄侃、沈从文与汪曾祺的师徒关系，或者过去工厂车间里的师徒关系，来推断江湖艺人之间的师徒关系。我们都知道拜师要签合约，要"三年学艺，两年效力"；学徒期间，死走逃亡各由天命，车踩马踏打死勿论……其间的纷争，远不是我们外行人能想象的。

除了学艺的必要，出师或随着年龄增长，江湖艺人一般不会再去练功，因为艺人要大量地演出才能维持自己大量的开销，在舞台上表演就是练功。而没有戏演的艺人连饭都吃不上，更没力气练功，只会越来越堕落。以往的艺人行会都会通过演义务戏来救急困难的同行，便是如此的道理。

江湖艺人传艺极为保守，俗话说"宁给十吊钱，不把艺来传""宁赠一锭金，不传一句春"，教会徒弟确实饿死师傅，很多行当里面都有技巧，这种技巧只能口传心授，不教就是不会，会了就能赚钱，个中门道如窗户纸般一捅就破。比如相声中捧逗语言的尺寸，捧哏的都说"啊"，发音的语气、轻重、缓急、长短，再配上身段、眼神，对了包袱就响，不对就不响，这是必须口传心授的，印成书是看不出来的。不教就是不会，都教会了也就不值钱了。

江湖艺人最应该爱惜自己的身体，可他们大多最不爱惜身体。比如艺人要戒烟、酒、辛辣等才能保护嗓子，保持形体。但艺人恰恰无法抗拒吃喝与社交，他们要仰仗权贵过活——叫你陪酒是看得起你，肮脏的酒桌文化是以喝不动或喝了伤身的情况下还喝为荣的，以致很多好演员被活生生地毁掉了，如刘宝全、梅兰芳等先生那般自我节制，并在晚年技艺炉火纯青的人并不多。再说，在旧社会，吃喝嫖赌绝不算恶习，而是风俗。唱戏很累，很费嗓子，艺人必须抽大烟，不抽，嗓子、体力撑不住，嘎调就唱不上去，抽一口，立刻能唱得满堂喝彩。抽大烟也表现了自己的身价。"十全大净"金少山到了最后，都得用大烟来泡水喝才能过瘾。

总之，江湖艺人会因为自己属于"下九流"而自卑，也会因为自己有能耐能赚钱而自傲。这也是大多艺人不攒钱或攒不下钱的缘故，他们相信自己，只要上台或上街就能赚回当天的嚼谷，因此一旦发家，吃喝嫖赌也在所难免了。

四

江湖文化，在学术上可以叫游民文化，王学泰先生曾讲过游民文化。和普通人相比，江湖中人首先脱离了封建的宗法制，脱离了行政和法律的管理。唯一能约束他们的就是传统的伦理与道德。而道德本身是随时间、空间的变化而变化的。换个年代或地方，不道德的兴许就变成道德的了。在生存危机下，道德可能是人最先放弃的东西。

中国古代是有贱民阶层的，《清史稿》中说：

> 四民为良，奴仆及倡优为贱。凡衙署应役之皂隶、马快、步快、小马、禁卒、门子、弓兵、仵作、粮差及巡捕营番役，皆为贱役。长随与奴仆等，其有冒籍、跨籍、跨边、侨籍皆禁之。

这些人过着不同的生活，他们不能考科举，也不一定识字，并不是他们执着于本行，而是他们只能世世代代从事这样的职业。

过去，说相声的、变戏法的、搞曲艺的、卖药的、乞讨的、耍猴儿的、打把势卖艺的等等，都属于所谓的"贱民"阶层，都在底层挣扎求生。他们始终是边缘的、流动的、隐蔽的，承传了古代巫术、医术、百戏等文化。为了求生，他们只能服务于大众化的生活或娱乐所需，其实他们的职业可以说是演员，其本质上都是传统艺人的师徒制度，这也是源自这个江湖的规矩。

实际上，江湖与庙堂并不遥远，每种艺术也不是适合所有人的,现世是总有缺憾的。而庙堂与江湖并不是二元对立的关系,它们只是分别安置了自古以来不同背景的中国人，给了他们足够的生存空间。

老炮儿：英雄是一场空梦

　　看完电影《老炮儿》，从影院出来，三里屯漫天雪花，宛如六爷到景山上埋八哥时的场景。《老炮儿》一再表明了北京市井文化的衰落与消亡，也表明新一代人思维的不同。电影里，鸵鸟在大街上跑甚有些后现代的意味，它可以象征现代社会是个像鸵鸟一样的怪物，也可看成老炮儿是现代社会中的怪物，也可以什么都不是，就当出个幺蛾子。

一

　　老炮儿，意思很为丰富，一种是"老进出炮局"的意思。炮局是炮局胡同，这胡同在清代是造大炮的地方，到清末就成了监狱，在 1949 后曾沿用一段时间。老进出炮局，意思是多年混迹江湖的老流氓。另一种解释是老炮儿应做"老泡儿"，是指无所事事，总在一处泡着的老混混儿。而在生活中，往往哪拨儿人跟哪拨儿人掐起来了，就请个老炮儿来给说和。这意思是，老炮儿当年能打，现在出来不打，靠"资历"调停。20 世纪 80 年代以来，北京的小流氓多是在当学生时打群架，在校门口堵着交女友，顶多是淘气和无知。而真正能打得起来的，以"切钱"

满足自己开销的是少数。而老炮儿，部分会处于半退隐的状态，但也会在有大事时作为前辈出来平事，他们打的都是些违法犯罪的擦边球。

　　老炮儿理论上叫顽主，生活中叫"玩儿主"，但一般不这么用，只说你在哪里玩儿。北京城自古以来东富西贵，南贫北贱，南城狠，北城恶。南城人敢到北城混，北城人一般不敢到南城混。人际关系以地域和血缘的远近分亲疏。胡同东口和西口打，若遇到其他胡同的则一致对外。玩儿主讲的"戳"哪儿、"震"哪儿，认谁当哥或当姐，由谁罩着或罩着谁，即表明哪一片是你混迹的地方。东单、北新桥、地坛、和平里一路都有各自的玩儿主，多是干一些打篮球、打台球争夺地盘或泡吧争女友的事。交女友在"文革"时期叫"拍婆子"，后来叫"嗅蜜"。《古惑仔》流行后，不少学生学古惑仔出来混，因打架、切钱或耍流氓而进了工读学校，但"马子"这个词始终没在北京流行开。也有女玩儿主为了争爷们儿而动手伤人。若是谁惹了事，人家必然去学校找，很多学校一放学，门口就蹲满了染着黄杂毛、穿着大肥裤子、叼着烟同时往地上吐着痰、打着耳钉、胳膊上文着"带鱼"的人，不像电影里的那么女气。一般假充样子的居多，越咋呼的越不敢打，悄么蔫儿的都狠。那时的"飙车党"还以骑摩托为主，流行的是趴赛。影片中"三环十二少"这样的人真有，好像有个"东城十几少"，也有人像武侠小说里一样起个绰号，叫什么"东单几条狼"之类。大多是道听途说，不可考证。

北京玩儿主的历史悠久。清末就有玩儿主把辫子梢拴根铁丝翘起来，或系个铃铛，歪戴着帽子，再蹬个自行车。也有职业当打手的，多是八旗子弟，他们无以为生，世代只会承传表演摔跤。他们把头上的"锅圈"剃掉很多，只留中间一小根辫子盘在头顶，走路都是横着走。那时各行各业都有自己的行会，很多人是混混儿出身，否则无法在江湖谋生。这可从老舍的《茶馆》第一幕的背景介绍中看出一二：

> 今天又有一起打群架的，据说是为了争一只家鸽，惹起非用武力解决不可的纠纷。假若真打起来，非出人命不可，因为被约的打手中包括着善扑营的哥儿们和库兵，身手都十分厉害。好在，不能真打起来，因为在双方还没把打手约齐，已有人出面调停了——现在双方在这里会面。三三两两的打手，都横眉立目，短打扮，随时进来，往后院去。

剧中，常四爷说道：

> 反正打不起来！要真打的话，早到城外头去啦，到茶馆来干吗？（二德子，一位打手，恰好进来，听见了常四爷的话。）

接下来是二德子来找寻常四爷。这是当时打架的规矩，说和在茶馆，要打去城外，而生活圈子小，彼此都认识，打不起来，二德子只不过逞逞威风罢了。

20世纪80年代，玩儿主也随时代大潮下海经商，他们的资本尚可为自己壮胆，但很快就不行了。北京玩儿主来源很广，阶层分明，不仅不抱团，还总认死理、畏官、不灵活，有着息事宁人的本分。南城和北城在承包地皮经营小商品上打了许多年，一夜之间都被浙江人打跑了，老炮儿的战斗力再强，在狠劲儿上较很多地方还是差了很多。

时至今日，玩儿主们都发现，玩儿得小了，多是被狠揍过后渐渐收敛，但找不到好工作，难以改善生活；玩儿得大了，只有古城的工读学校或少管所在等他们，而那些牛气哄哄的岁月已随着他们年龄增长而消失了。如今北京到处都有释放过多青春荷尔蒙的地方，每个人都很忙，用不着寻衅滋事了。

二

看完《老炮儿》的当晚，又想起流传的"刀劈小混蛋"的事。小混蛋是什刹海到新街口一带的胡同玩儿主，是个很文静的男孩子。他看不惯大院子弟的嚣张，总是帮助别人打架，从来没为自己的事打过架。1968年6月24日，他被仇家带着上百人在动物园对面扎死了。至今仍有不少人怀念他，因为他敢于去为胡同子弟抗争。

20世纪50年代以来，北京的玩儿主分为"胡同"和"大院"两派。胡同落寞，大院嚣张。"大院"派强调"血统论"，认为自己最有"革命"精神，都知道谁家是什么级别，一般不带胡同里的玩。他们有紧俏和特供的商品，家里的收入比地方上同级别的干部高上两三倍，父母又经常在外。他们打架打不过就往大院里跑，院里抽冷子①再出来一拨儿人，这架就没法儿打了。而身处弱势的胡同玩儿主若能打赢了大院子弟，则更为光荣。他们有时只是眼神犯照②，用不着谁真惹了谁，心里头说一句："递葛③，是吧？行，口里口外，刀子板儿带。"常用武器是长条的砍刀、菜刀、弹簧刀、三菱刮刀、军刺、木棍、车锁、鱼叉、管叉、板砖等。板砖车锁算不上管制刀具，真折进局子没两天也就出来了，而"文革"时期也没人管。打架地点多在东单、北海、什刹海、地坛，甚至街心小公园等人少的地方，像影片中的颐和园野湖，多是干大仗的地方。

那时候，讲究的是头戴剪羊绒的帽子，身穿将校呢或美国苇子毛的皮搂儿、三节头的皮鞋，骑着永久牌二八锰钢13型的自行车。"文革"时期新衣服少，多是50年代甚至以前的，以显示有家底。这些在电影中都有所呈现。六爷最后的着装是一种仪式。将校呢和日本武士刀不是一般人能有的，这家底是以前切下来的，显示老炮儿当年的江湖地位。它在表明北京人的思维方式：老子有家底儿，我玩儿的时候，你们算什么？那年月没有什么娱乐，但有健身的风潮，也流行练肌肉，有人为了打架占上风，练过两手拳击或摔跤。玩儿主们大多会在什刹海冰场滑冰，只有大院子弟才会每人花上三块在老莫（莫斯科餐厅）撮上一顿。

三

上一次看电影流泪，是看音乐剧版的《悲惨世界》，在最后决战前夕，冉阿让对年轻人唱道："你还年轻，而我已老去。"而这次流泪是看到《老炮儿》里六爷当年的兄弟在修自行车、摆小摊，家庭窘迫或重病在身，发家的不过是个别人。仗义和友情虽在，但他们的心越走越远。六爷永远停留在他的80年代，如话匣子叼着烟对晓波说："拎着一把刀，一个人对十几个。"

如果说看着《英雄儿女》中"向我开炮"长大的"50后"向往的是双手紧握爆破筒冲向敌阵，那不知"80后"会不会崇拜老迈衰弱的六爷持着武士刀，身着将校呢，一个人跨过颐和园结冰的野湖并摔倒在冰面上。当初一群年轻的孩子激增的肾上腺素无处发泄，他们把在街面儿上混迹的成功当作英雄事迹，这种对英雄的向往和贵族的契约精神，都只是一场空梦。

后来，胡同玩儿主和大院子弟都被上山下乡的洪流所裹挟。大院子弟能当"后门兵"参军，当工农兵大学生上好学校，但也曾因国家政策调整萧条过一阵。有一段时间部队待遇赶不上物价上涨，造成了不少人才流失。胡同玩儿主多是实实在在地在荒蛮之地劳动十年，返城后才发现城里已无容身之处，继而沦为底层，时至今日。生活中既没有英雄，也没有贵族。这种所谓的战士和英雄都是虚的，但正是这"虚的"，是一代人的青春与热血所求。

老炮儿要找回青春，还能在什刹海冰场上滑冰，但已无法重归江湖舞台的中央。张涵予演的闷三儿还能打，但没有上战场的机会。吴亦凡演的小飞爱看《小李飞刀》，它讲述的也是身体不好的李寻欢最终退隐江湖的故事。下一代的青春很忙碌，忙着赢在起跑线上。顽儿主的下场比较悲惨。现已不是80年代能碰运气发家的时代了，读了书都不一定有出路，更何况他们不读书。

老炮儿不是被社会所抛弃，而是社会始终不曾接纳他们。非主流游戏规则的破坏，不仅是新一代非主流所希望的，也是主流社会所不屑的。老炮儿身处其中，处境更加悲凉。

四

我从《老炮儿》中看出的是巨大的反讽。流氓坚持着过去的忠孝仁义、礼义廉耻，好比贞洁烈妇都改嫁了，而丫鬟还留着守节，空对一座座正在拆毁的牌坊，是应该高兴抑或悲哀？

老炮儿守的规矩更反映了当下的缺失。北京文化中典雅、内敛的一面基本消亡，只有点儿细枝末节残存于庶民与流氓之间。《老炮儿》这部影片给我们带来的本应是"礼失求诸野"，但大众所想到的、潜意识中所需要的是无知的暴虐与庶民的狂欢。

人需要一个自我成长的过程，而成长是痛苦的，要像蛇蜕皮、螃蟹换壳一样，要否定从前的自己。影片《老炮儿》绝不否定，而是将其作为精神支柱，这是冯小刚在剧中的选择。六爷的形象无异于被缚的普罗米修斯，或胸中利箭殉难的圣塞巴斯蒂安，最后，他像冲向风车的堂吉诃德。在《阳光灿烂的日子》的结尾，傻子的话一语成谶。当年的玩儿主混得人模狗样，而在只会说"古伦木！欧巴！"（这是快板《奇袭白虎团》中美两军对暗号的词，风行一时）的傻子眼里，他们才是傻瓜。如今，他们真的傻了。

老炮儿有他们的规矩：打架不打要害，不揪头发（小平头也揪不住），不以多欺少，不打女人，不打只读书的好学生，不得伤害家人，吃"佛爷"④必须经过玩儿主，不出卖他人，不动别人"马子"，尊重老人，等等。但时代变了，江湖上已没了老炮儿的传说，有的是丛林和屠宰场。影片中，六爷问执勤的警察在办什么案子，但警察不再给他面子。六爷没说什么，但他的脸色很不好看。六爷所愤怒的是，小波被扣押后，他那些所谓的哥们儿不闻不问；跟人结了梁子，来人居然把他的八哥弄死了。电影里小飞身后那批人不配称作玩儿主，老了也不会被称为老炮儿，顶多被称作土豪或人渣。

不忍心说的是，《老炮儿》确实用了阿Q的精神胜利法，每一分钟都在讲："我祖上比你阔多了""老子被儿子打了"。

影片结尾充满了悲凉之气。六爷的儿子虽像父亲一样养了八哥，却已不会用他父亲的腔调教人们如何问路。这是部时代的大悲剧。

很多人说，老炮儿是反面人物，为什么要宣扬？其实并非

声色野记

宣扬，而是社会上真有这么一群人，能代表过去的人认的（认可的、追求的）是什么。在那个年代那个圈子，他们很牛。如今老炮儿没了生存空间，我们为他们的退场而感慨不已。

社会在变，过去的牛人，往后什么都不是。

---

① 方言，指突然。

② 京话，"照"是打量、看的意思，加上一个"犯"字，就带有了挑衅、挑战的含义了。"犯照"通常是早年间混混儿打架的起因。

③ 方言，指下属、晚辈或弱势者对上级、长辈或强者的冒犯、挑衅行为。

④ 北京话，"佛爷"即小偷，有些玩儿主鄙视小偷、强奸犯、流氓犯，也有些是靠小偷供养，而自己罩着小偷。

武术：当传统武术不再用于实战

　　我少年时上的武术班地处北京景山寿皇殿靠边的一片空场上，周围是苍松翠柏，绿树红墙，每周两次课，学校里上完两节课向老师请假才能去。上来先学抻筋压腿、扎马步，劈竖叉、横叉，几乎每次都有孩子被压哭。几年间，我学了一点儿长拳和武术操，在大殿前的月台上给家长会演，有高手把脚高高踢过头顶，一脚将白球鞋飞了出去，鞋子在那座曾经存放历代帝王画像的大殿前，高高地画出一条优美的弧线，又翻了个个儿落了下去。

　　从那以后，我改练了田径中的短跑和跳远，全然忘记练过什么武术。大学时，课后偶然去练WTF[①]跆拳道，听一个教"表演"跆拳道的教练谈了一大套武道，又看了一堆人劈柴般噼噼啪啪地打碎了很多木板，我上去就把一个能空中劈叉踢碎木板的蓝带随脚踢翻了。又想起来，见过一位前辈开道馆时有人踢馆，他说："来，你过来。"随手一拳打碎了身边一把破木头椅子，踢馆的人灰溜溜地走了。这使得我明白，武术源自与世间万物的搏斗，当搏斗退潮时，武术必然衰退。

　　中国文学教育的最大问题是概论太多，文学史太多，而读书太少。很多人没读过鲁迅、老舍，照样能谈得一套一套的；不能登台唱一句戏曲，却大讲戏剧史和理论。武术也是一样，不打出千万次的血汗，不能空谈武术。

一

　　中华民族自古以来是战斗的民族，习武是中国人的基本素养。从周朝将射箭作为贵族阶层必学的六艺之一，到民国时期宣扬的"国术救国"，再到我们从小体育课上所学的武术，都使我们不忘我们有一套自己的格斗之术。武术是中国古代的自然科学。武就一个字：打！拳脚无眼，血溅五步，以命搏命。今天，我们练功，不谈文化。

　　人身上最硬的地方是胳膊肘，软的地方到处都是，如腮部的神经区，一拳就倒，鼻梁、喉头、后脑、腿窝、关节等要害处处怕打。武术是研究如何护住自己、如何打别人的实践过程。

　　　　　　　　　　　　　　　　　　　声色野记

法国哲学家丹纳在代表作《艺术哲学》中，认为艺术受"种族、时代、环境"三大因素的影响。类比武术的兴衰起伏，也难以逃离这三大因素，是习武者的种族、所处年代、实战环境造就了各种武术，这三样变了，武术也就变了。

因此，每种武术都根据对实战双方的种族、发生的年代与环境的总体预设来战斗。每种武术的缘起和创立，都受制于格斗时的环境，和对自己、对对方的预测和假想，是建立在一种特殊思维模式和情况下的武术。比如，中国武术是农耕文明时期在平原生活的防身健身之术，蒙古摔跤是草原战场上的毙敌之术，泰拳是古代暹罗军队热带作战的拳术和诸侯豢养的武士比武格斗之术等。韩国跆拳道中的ITF，因为其创始人崔泓熙将军在船上感受到大海的起伏，由此更注重习武中脚下起伏流动带出力量。日本空手道中的松涛馆流为上层武士所习，讲究一击必杀，注重对自身的保护和对对手的控制，并不痴迷于缠斗。武士多带刀，长刀、短刀各一，不能一击必杀，则对方必拔刀反击，搂抱缠斗时，对方掏短刀就麻烦了。而空手道刚柔流受中国南拳的影响，多为码头工人所习练，似坦克战术般的厮打，打起来也不好看。

古代武术实战环境位于战场，当战场杀敌变成了生活中的比武，不再以杀人为第一目标时，武术的实战功能立刻发生了变化。北拳的很多拳术练的是一招毙命，这在现代化社会有点儿尴尬——一、练武不为打死人也不能打死人；二、部分武术一出手就会打死人；三、这功夫没法儿实战也没法儿承传。每种武术都能追溯其功勋卓著甚至具有神话色彩的祖先，但绝难全部继承战场上的杀人伎俩，仅是表现了战场上的细枝末节。有说法称，八极拳起源于长枪兵，太极拳起源于一手持刀、一手持盾牌的刀盾兵，而八卦掌起源于双刀兵等。但武术又有神话托名之说，说长拳源于宋太祖赵匡胤，太极拳源于张三丰，少林拳源于达摩老祖。每种武术都需要崇拜一个偶像。武林的众多门派拳术，多是明清以来创立并发展的，所谓拳法开创者之说多为附会。

　　明清时期中国武术的思维方式是"重术轻力、重智轻勇、用意不用力、以练保战、重视手法、上轻下实、顺势借力、以气催力、以气护身、息力生气"，注重以弱胜强。招数花哨的一个原因是，我不跟你死磕，而是用你想不到的方式来战胜你。例如，太极拳会预设对方先来进攻，然后以彼之道还彼之身；李小龙截拳道中的截腿，根据跆拳道正面直接起腿，空手道侧面横抢起腿等，在对方未出击时出腿截击。传统拳术分南北，北方拳多借用腰部的力量，南拳如咏春，是练后背两片肌肉，以半身法力为主，预设的环境是在南方的舟船街巷中，人的胳膊在两边，拳打正中间，等于在走斜线。而咏春起势即占据中线，以立拳代替横拳，以快和连续取胜，多是近身锁脖子，用脚踢对手下巴的招数，能街斗，能速成，适用于狭小地带，上擂台并不能发挥全部威力。

每种武术都有其高明之处，都有厉害的大师，但问题在于，当某种武术的环境预设变了，"大师"有时就不灵光了。部分武术认为自己的招数对方没见过，可以出其不意攻其不备，在电光石火的一刹那使出花招，利用对方没有来得及反应和防守的空当将其击倒。问题是，你的招数别人没见过，别人的招数你也没见过，兴许比你还狠。古代中原的拳师没见过以透支身体来搏命、天天踢椰子树练出来的泰拳手，现代武术拳师也少有在泰国看拳赛被血溅到身上的经历，这就好比你练成了太极宗师后遇到了泰森，他身高臂展180，体重200斤，不跟你玩推手，只用左勾拳加右直拳打你的腮帮子。你设想对方应该躲，但对方就是跟你死磕。你原想把在预想环境中练出来的功夫应用在实战中，可实战中的敌人变了、环境变了、游戏规则变了，招数也就不灵了。

二

汉唐时期中国人多学剑术，唐宋年间史料几乎不可考证，从清代中后期开始，中国武术的门派越来越多，拳法越来越多，套路越来越精熟，武术行业的规矩越来越完善，圈子也越来越小，这意味着古代武术的产业链日渐完善，所有练武术的人都认识，都是师兄弟，形成了圈子内的互相扶持。每个人都注重面子，比武格斗越来越不真打。比武渐渐点到为止，甚至演化成每个人各练一趟拳脚，行家伸伸手就知有没有。再往后发展，练都不用练，彼此直接干聊，这一聊便知这人武术真高，佩服佩服，立刻分了胜负。清末的镖局也是如此，走镖的镖师多是见多识广的绿林中人，很多时候都是彼此卖面子，插上某个镖局的旗子就保障没人来劫，更用不着动武。清末有了手枪，镖师表面上都标榜不用手枪，实际上都将手枪带在身上以防万一，因为谁都不傻。

武术的衰落缘于古代社会的瓦解，导致整个武术产业链的瓦解。老舍先生的小说《断魂枪》中写道：

> 夜静人稀，沙子龙关好了小门，一气把六十四枪刺下来；而后，拄着枪，望着天上的群星，想起当年在野店荒林的威风。叹一口气，用手指慢慢摸着凉滑的枪身，又微微一笑："不传！不传！"

很多武术就这样被老辈人带走了。带走的"五虎断魂枪"

到底能不能打？可能大家永远都不知道。

　　古人云"穷文富武"，穷书生通过读书考科举能光宗耀祖，而习武者要学有所成则需要花费更大的成本。拜师，必然需要财力的支持。习武之人多不事生产且不管家，习惯上会大男子主义，每天早起都要练功，教徒弟，与同行切磋。古代的习武者的职业有开馆授徒、做保镖、考武举做武将、从军、出家等，较多的是做地主，各自的经济体系都能正常运转。近现代以来，前述的习武者职业都逐渐走向边缘或消失，洋务运动以来操练新军，枪械日趋重要。传统地主经营的破产，使得偏向传统职业的人越来越穷，而很多习武者都出身贫苦。武术家大多开武馆授徒为生，甚至从事普通的职业。八卦掌宗师程廷华人称"眼镜程"，是做眼镜的，那时候做眼镜赚钱。而有些习武者比较惨，全无生计，落魄江湖。

　　另一方面，习武者的保守与封闭影响了武术的传承，真功夫千金不传，开武馆传男不传女，传里不传外，甚至不传外教门的人。要么为了赚钱，怕教会徒弟饿死师傅，这便使得许多好功夫既脱离了实战，又难以传承，即便传下来了也没多大用处，更让人怀疑到底有没有真功夫。徐皓峰的电影《师父》便反映了民国时武行的一些现象。传统武术的产业模式太成熟了，各大门派把武术爱好者这块蛋糕瓜分得太均匀了，能不能打不重要了。

然而，民国时期内忧外患，提倡国术救国。学生们的体育课开为武术课；二十九军的大刀队请了传统武术家做教师，以专门应对日本人的刺刀；作家们创作出大批的武侠小说，中国人要靠编造"打败俄国大力士"来寻找自信。这些作为使得传统武术产业复兴了一阵，武术不行也得行了，而不论是"捧杀"还是"棒杀"，都为国人清醒认识武术蒙上了迷雾。

过去，如果想传播一种武术，不是要宣扬其战绩，而是要寻找一位偶像当祖师爷。于志钧先生的《中国传统武术史》讲："崇拜偶像，是越'神'越好，不怕'神'而怕不'神'。""偶像要有四个条件：第一要有传奇性，第二要有足够的众体支持，第三要有实质性的内容，第四要有文化内涵。"20 世纪 50 年代以来，由于五六十年代曾经不鼓励发展武术格斗，我们便把武术作为一项健身运动，而不是格斗运动，这使得武术与擂台越来越远。

当体育课上不再练体能而是学第 N 套广播体操时，当太极拳成为"一个西瓜切成两半，一半给你，一半给他"的老头儿老太太的健身运动时，当女生着迷地以瘦为美而是不以强壮为美时，当越来越多的男人与"小鲜肉"比美白时……当种族、时代与环境都发生变化时而不应变，武术就越发衰落了。

三

幸好，世界上还有擂台，还有各种无限制的格斗比赛。

一个人不论是练套路还是劈砖头，是某某传人还是某某保镖，都不能证明其武功多高。擂台是检验武术的唯一场所。但打擂台打的是规则，按照规则训练，导致选手功夫存在短板，也导致了武术的进一步衰落。

中国传统武术有练法、演法和打法之分。所有基本功的练习、套路的演练和实战中的拆招都不是一回事。人人都会做弓步冲拳，但不知弓步冲拳在实战中的运用是快速冲到敌人面前，同时用腰劲儿出拳击倒对手。掌法的要点是用手掌的下半部打人，而不是做个立掌的姿势亮相。武术比赛多是比套路，但我们看1954年澳门白鹤拳名家与太极拳名家的比武，两位名家照样使用现代搏击术格斗。对古代传统武术的比武做个猜测，很可能近似现代武术的格斗方式，不是我们看到的云手和套路，更不是电影里的飞檐走壁。

武术一讲一练就明白，但真正理解并能运用于实战则是另一回事。女子防身术中教空手夺刀，假定女生遇到持刀歹徒，用双手手腕十字交叉架住对方持刀的手腕，含胸缩身躲开刀尖，然后上步双手拧对方的手腕夺刀。问题是，一般情况下女生敢这么做吗？要多强的身体素质和多充足的实战经验，又有多大的力气，才能一下子空手夺刀呢？习武中练的旋风踢之类转一圈再踢一脚的功夫，在实战中很难用上，没有人会在空中转一圈把后背对着对方。很多人会谈内家拳，比如打大沙袋，一拳把沙袋打飞是外家拳功夫，沙袋飞得不厉害，但这边打进去一个坑，另一边鼓出来一个包，这是内家拳功夫，即打在人身上，不是打折肋骨，而是震伤内脏。但问题的关键不在于比赛时戴了拳套不能发挥内家拳，而在于先能打中人，否则都白搭。练传统武术不是练哪种拳的问题，而是能打人并扛打的问题。正如学唱戏不在于学生、旦、净、丑哪个行当，而在于嗓子音量先让人听见。武术重在练、重在比，最重在实战中能用。

传统功夫有很多观念与现代不合。我们看古人的画像，看寺庙里的金刚塑像和医术上的针灸铜人便得知，古人认为人的气集中在腰部，腰越粗，人越强壮，是不练肌肉的，认为死板的肌肉会把人的力气锁住。因此古人不是以胖为美，而是以整体的圆润丰满为美，而现代比赛中的肥胖臃肿有损体力；传统武术注重下盘的稳当和抻筋压腿，不够注重保护头部、力量对抗等。比如拳击是膝盖指着哪里，拳打向哪里，而中国功夫不注重这些。打赢雷公太极的徐晓冬因练过拳击而占了上风，各种武道中的拳法在拳击面前都很小儿科。20世纪80年代，中国人参考拳击、现代搏击和摔跤发明了现代散打，能利用其他武道不善摔跤而取得胜利。否则放眼世界，"九九八十一门"（旧小说中语）中的武术则落得无拳可打。

一作为体育比赛，每种武术就有了各自的规则，每种规则都是传统武术中的环境预设，预设越复杂，越容易脱离实战。在职业体育运动中，有"打比赛就是打规则"的说法。而今在奥运会中稳坐江山的跆拳道比赛都要求踢腰带以上且没有摔法，练久了很容易不会踢低腿，不会摔跤。而跆拳道 WTF 连像样的拳法都没有。有的跆拳道比赛用上了电子护具，轻轻一点就能得分，更无实战性可言；有的空手道比赛禁止连续击打，选手一击而中后，裁判就会分开二人，令其重新开始。再以击剑为例，比赛中同时进攻并先刺中者为胜，后零点几秒刺中者得分无效，但实战中双方不可能同归于尽。擂台上的冠军，并不一定是实战中的高手，真正在实战中立刻毙敌的都是特种兵或谍报员防身术那类的武功，若真的想学以致用，还是得多学学如何闪电般拧下对方指着你的手枪。用武侠小说《多情剑客无情剑》中李寻欢评价阿飞和荆无命的话来说，是"他们不会武术，会杀人"。

我们没有建立起国外职业拳击运动那样的比赛与经纪人体系，选手没有科学的训练体系和良性循环的运作模式。国外拳击选手能在大的训练场所中，在一个器械前，接受相应的教练指导练哪块肌肉，练完再换下一个器械和教练，选手练到一定程度，参加比赛即可谋生。而练习传统武术的师傅和徒弟都要工作，闲时就到公园树林里玩会儿得了。

世界上有些东西是变的，有些永远也不会变。武术不是宗教、文言文和传统文化，要抱残守缺，慎终追远。武术是术，是攻与守的技术和方法，是要变的。而尚武的精神是不能变的，中国武术落后于世界搏击术，是因为中国人整体尚武精神的缺失。因此传统武术要强大，必须市场化与职业化，而习武者所做的是，不论别人谈得玄之又玄，自己只管每天都进行实战性的练习，如用啤酒瓶子擀迎面骨，用脚死磕椰子树。

我鬻文为业，业余习武，练功时断时续，比赛负多胜少，但写作十年来，经常站在各种武道擂台上，打赢了走下去，或打输了被抬下去。格斗的快乐远甚过输赢，正如写作的快乐大于发表。只有不惜鲜血和生命地攻向每个比你强大的对手，才是我们每个中国作家真正的本分。

（特别感谢扎西旺旭师范的前辈老师和众多师兄弟多年来的指导与帮助。）

---

① WTF：世界跆拳道联盟的简称。

猴戏：《安天会》变《闹天宫》

　　猴戏是戏曲中一大剧种，是以孙悟空为主角的戏。猴戏不仅热闹好看，更重要的是能从中看出历史的变迁。通过猴戏的变化、孙悟空形象的变化，能看出百年来中国政治、审美等多方面的变迁。

一

　　西天取经的故事唐代早已流传，最早出现在变文和俗讲中，里面没有猪八戒和沙僧等人物，故事也很简单。首个成形的作品是宋代的《大唐三藏取经诗话》，金代院本里头有《唐三藏》《蟠桃会》等，元杂剧中有杨讷所著六本二十四出的《西游记》，已残存不全。其中《认子》《借扇》《胖姑学舌》等折仍在舞台上演出。杂剧是昆曲的重要底本，八百年前的剧本，现在拿起来就能唱，这才是文明的体现。

　　古代演戏是用戏剧来兴教化，猴戏是重头的吉祥戏，演绎降妖除魔的故事。清代帝王嫌前朝《西游记》的本子残缺不全或俗气，命张照编写新的《西游记》剧本:《升平宝筏》。《升平宝筏》共十本二百四十出，要连演十天，文辞华美，用昆山腔与弋阳腔混合演唱。明代南戏有余姚腔、海盐腔、弋阳腔、昆山腔四大声腔，弋阳腔又叫高腔，曾在北京广为流传，演唱时只用锣鼓伴奏，不用笛子，声音高亢，古朴而苍凉。每逢乾隆或他母亲的寿诞之日要演《升平宝筏》，其中就有唐僧父亲被水贼所害，自己被僧人收养，长大后认母亲的情节，以彰显孝道。而在无底洞的故事中，加入了貂鼠精、灰鼠精、银鼠精、黄鼠精……各种老鼠精为地涌夫人上寿的情节。全剧各路角色加上天兵天将达上百人，规模宏大。这部戏在道光年间还演过，还有两册《升平宝筏提纲》，为戏的演出做注解，到清末演得就不多了。电影《垂帘听政》中有一段在畅音阁三层的大戏台演《升平宝筏》的片段，是孙悟空身上吊着古代的威亚从三层台上下来开打，细节上有点儿问题，但聊胜于无(详细可参见朱家溍先生《故宫退食录》中的相关访谈录)。

到了民国中后期，猴戏不再用于宣传教化，纯粹用于娱乐。猴戏最容易改编成彩头戏，出幺蛾子。那时天津有个以出彩头知名的戏班叫稽古社，请了位高明的编剧叫陈俊卿。他编的稽古社版《西游记》是二十四本，有《石猴出世》《唐僧出世》等剧情。演孙悟空变出很多小猴儿时，先用镁粉做出烟雾效果，随后众多小猴儿上台，还有西洋乐器来伴奏。再有张翼鹏版的《西游记》，共三十四本。张翼鹏是江南名武生盖叫天的长子，他的《西游记》有《真假美猴王》一出，他演真悟空，弟弟张二鹏演假悟空，几可乱真。传功的把子（兵器道具）是木头做的，张翼鹏的把子是化学的^①，别出心裁。而厉家班也编演过《西游记》十四本，由厉慧良导演并演孙悟空，从 1946 年演到 1950 年，红遍重庆，演到哮天犬时，真找了一条大狗上台，冲着孙猴儿就咬，关键时刻还能叫上两声。

彩头戏舞台上有很多布景机关，会用灯彩、火彩、魔术、幻术、特技等，和当下一样风行。演《白蛇传》能用条真蟒蛇上台，演《长坂坡》糜夫人跳井能把台上挖个大洞，演员"咚"地一下跳进去。还能编京剧《侠盗罗宾汉》，舞台上用真刀，演员要学击剑。而在台上洒狗血、唱流行歌曲或说外文更不鲜见。一出戏能唱上数天，注重武打和特技，轻视唱腔，叫连台本戏，跟电视剧差不多。传统人士认为这是胡闹，但不论哪家的猴戏上演，凡演必火。

二

真正兴于清末民国的经典猴戏，是昆曲《安天会》，在《大战擒猴》一场中，天王派一位天将唱一大段曲牌，天将跟猴王一场大战，打完一个再打一个，俗称"唱死天王累死猴"。《安天会》根据《西游记》前几回编演，从大闹天宫演到孙悟空被捉拿，主旨是收服妖猴，安定天庭，猴儿是反派人物。《安天会》保存了《升平宝筏》的不少内容，里头《北钱》《偷桃》《盗丹》《大战》等段落现在仍在演出。清末醇亲王府养着昆曲戏班，这戏是从宫廷里传出来的。《安天会》有名的表演者是"杨猴子"杨月楼（1844—1889）、杨小楼（1878—1938）父子。杨月楼演猴戏表演细腻，又不失灵气，很受慈禧太后的喜爱，也受大老板程长庚的赏识，三十多岁就是三庆班的班主并成为精忠庙庙首，只可惜英年早逝。杨小楼身材高大，演配角时比别人甚至比主角都高，很多戏都没法儿用他。为了沾光，他开始演戏时贴的名字叫"小杨猴子"，但当时他并不会《安天会》。慈禧太后特指派名武生张淇林把《安天会》传授给杨小楼和涛贝勒（载涛）。

谭鑫培特意嘱咐杨小楼，《安天会》要演"猴学人"，不能是"人学猴"。孙猴儿是神话里的猴，绝不是生活中的真猴，演成真猴，艺术性就差了。杨小楼把孙悟空的脸谱美化了，外面一圈白，红色的部分像个"古钟"，称为"一口钟"。他在武术上也颇有造诣，会八卦、形意和通臂等多种拳法。通臂拳用猿猴的背和手臂取势，俗称猴拳。他把武术精华划入京剧，开创了杨派武生。杨小楼能戏在四百出以上,他还排演过二本《安天会》,因效果不佳就不演了,还有猴戏《水帘洞》,早已少见了。

而真正轰动北京剧坛的猴戏是 1917 年冬天郝振基(1870—1942)演的《安天会》,他有着"铁嗓子活猴"的美誉。他扮演的孙悟空更古,保存了弋阳腔的扮相。他养了一只猴儿,朝夕观摩。从老照片上看,他不是把人扮成猴儿,而是扮成本身为神猴的武将。他在演吃桃时,眼珠、嘴角、耳朵都能动,不论表演多繁重,都不喘粗气不流汗。他演《安天会》,由昆曲名家陶显庭唱天王。郝振基的嗓音洪亮,能盖着人,陶显庭的嗓音赛铜钟,号称"一台双绝"。在郝振基逝世时,《申报》上登的是《猴儿戏圣手郝振基逝世》。在张卫东先生的《清末以来北方昆弋老生琐谈》一文中,谈及陶显庭之子陶小庭对郝振基的回忆:"郝大叔两只眼睛没有多大,瞪起来比谁都大,眉毛的眉棱骨特别高,能盖上眼睛,做戏、看人时,要是仰头看人,这眼睛特大;低头看人时,眼珠能到眉毛底下。"从郝振基的唱片中能听出,他的演唱极重气势,不大重咬字,嗓音微微有些嘶哑,但穿透力极强,调门高得年轻人都跟不上,有一种苍凉大气之美,这种味道的猴戏如今已经绝迹了。

郝振基瘦,再加上演技超群,在表演和气势上更像猴子。郝振基一来,杨小楼再不愿唱《安天会》了。当时报纸上评论说，此剧杨小楼是人学猴，郝振基是猴学人。有不少人说郝振基演得更好，但杨小楼的粉丝绝不答应，为此还开过笔战，说，如果比像猴子，那去动物园看真猴子不是更好？这里就反映出民国时期人们对猴戏的不同认识。"人学猴"还是"猴学人"并无高下，只是个人表演风格的差别。不论如何，这两位大师的嗓音到晚年都依然高亢有力。他们所演的《安天会》片段的老唱片都保留下来了，都是1929年录制的，今人能从中欣赏到他们各自的风格。另外，川剧、徽剧、秦腔中都有这个剧目。

小孩子刚开始看猴戏，喜欢的肯定是翻跟头和耍兵器，但久而久之，真正喜欢戏的更爱听猴戏里的唱念。《安天会》戏词很雅，如《偷桃》一折中的曲牌〔喜迁莺〕："望瑶池祥云笼罩，见苍松翠柏荫交。摆列佳肴，尽都是山珍海味，怎看那雪藕焦梨并火枣。俺可也缘不小。且饲餐赤麟蹄龙肝凤脑。好有酒在此，饮琼浆玉液香醪。"

民国时期崇尚维新，《安天会》渐渐少有人欣赏了，观众都着眼于猴戏的武打与热闹。

三

1949年以后，人们对戏曲的定位变了，猴戏和孙悟空的形象也变了。北平军事管理委员会曾禁演众多神怪戏，李万春编演的《真假美猴王》不幸躺枪，直至删除了扔火彩和一些特技表演后才逐渐得以演出。

为了适应时代的需要，李少春（1919—1975）、翁偶虹将《安天会》改为《闹天宫》，以唱原本中的《偷桃》《盗丹》为主，猴儿成了造反的正面人物。

从《安天会》到《闹天宫》，单看名字就能明白其内涵，一个在"安"，一个在"闹"。《安天会》的结尾是孙悟空失败被擒，有段曲词是"将猴头万剐千刀，筋挑，骨剔，肢敲，肢敲；尸骸碎，抛荒郊，火光烈，烟腾高，留惊世，后人瞧！"。在《闹天宫》中，这些全部被删去，并创造出反封建的精神。李少春的脸谱也经过创作，红脸的部分呈葫芦形。这部戏十分成功。1954年，周恩来总理特意找马少波、李少春、翁偶虹谈《闹天宫》的进一步修改，并亲自提出，要突出孙悟空的反抗精神，写玉皇大帝的种种诡计，还得让孙悟空有点儿文采，去掉妖猴的形象。由此《闹天宫》才有了"龙王告状""天宫议事""太白诓孙"等情节，跟同时期的万籁鸣动画片版《大闹天宫》差不多了。

同样知名的猴戏有绍剧《孙悟空三打白骨精》，毛泽东主席看完后特意题诗："一从大地起风雷，便有精生白骨堆。僧是愚氓犹可训，妖为鬼蜮必成灾。金猴奋起千钧棒，玉宇澄清万里埃。今日欢呼孙大圣，只缘妖雾又重来。"

《孙悟空三打白骨精》中演孙悟空的是六小龄童的父亲——六龄童章宗义。他求教于盖叫天的长子张翼鹏，并博采昆曲、婺剧、沪剧等多种形式。人们总结章宗义的表演是集人、神、猴于一身。早先南派猴戏多是在舞台上滚来滚去，六龄童的表演有活、灵、功底出众的特点，拔高了孙悟空的形象，也拔高了绍剧艺术，被称为"南派猴王"。六龄童二儿子小六龄童天赋也很好，只可惜英年早逝。而六龄童的特点被六小龄童继承下来了。

一般都说，猴戏北派有杨小楼、郝振基、李万春、李少春等，从化妆、脸谱到表演上多大气稳重，不怎么翻跟头，顶多是拧几个旋子，偏重"猴学人"；南派有郑法祥、盖叫天、张翼鹏、张二鹏、郭玉昆、小王桂卿等，多是轻巧灵活，多翻跟头，多是表演扑跌功夫，偏重"人学猴"。两派各有所长。盖叫天也是猴戏大家，但他更以"江南活武松"知名。他的嗓音有点儿沙哑，存世的录音也不多。他的长子张翼鹏也是好角儿，但也是英年早逝。近年来舞台上演猴戏的名家之一张四全曾创办"北京美猴王京剧团"并担任主演，上演《金钱豹》《十八罗汉斗悟空》《闹地府》等戏，《金钱豹》戏中的主角是豹子精，但张四全演的孙悟空有看点。正是每代猴戏演员的努力，才使得这门艺术发扬光大。

猴戏是相对幸运的。在特殊的年代，更多的神佛戏、鬼戏等都少见于舞台了，或者有鬼神出场的地方也都被删减了。比如同样是佛教题材的《目连僧救母》。但猴戏打着民族文化的牌子，躲避了"封建迷信"的标签，20 世纪 80 年代，表演者们还编演了很多新的猴戏。

四

在敦煌和一些古墓的壁画里，孙猴儿是丑陋的凶神恶煞。《西游记》小说里也记载，孙悟空是"咨牙俫嘴，火眼金睛，磕头毛脸，就是个活雷公相似"（第十八回）；"毛脸雷公嘴，朔腮别土星，查耳额颅阔，獠牙向外生"（第五十八回）。从杨小楼到六小龄童，都美化了猴儿的形象。若真按照其原始形象，则以周星驰导演的《西游降魔篇》里黄渤演的青面獠牙孙悟空为本真了。

猴戏的变化反映了人们艺术欣赏的变化，从看神猴到看真猴，从欣赏写意到欣赏写实，从听唱腔到看武打。传统戏曲的精髓在于写意，表演吃喝、上马，都是拿空碗一比画，拿马鞭做出趟马的动作。真在舞台上开吃开喝，牵了匹马上台，那就不叫戏了。戏的创新也一样。梅兰芳给《霸王别姬》里的虞姬编了段舞剑，仍在戏中，是人在表演，是戏曲中"移形不缓步"的发展。但《赤壁》里用声光电打出漫天飞箭的效果，那是糟改，不是创新。猴戏也是一样，戏外的东西最容易把戏给毁了。拍新版《红楼梦》时，昆曲名家张卫东在剧中恢复了清代演出《安天会》《花果山》等猴戏的场景，《安天会》唱的是《偷桃》《擒猴》，仅仅是个数秒的片段。剧目中的曲词和表演与《红楼梦》剧情是关联的，值得深入研究。因此，六小龄童并非猴戏的唯一一家，如果对猴戏文化感兴趣的话，不能仅停留在相关的影视剧上面。

时代在发展，观众的焦点已从戏曲舞台转向电影、电视和网络。影视剧早期便吸收了戏曲的元素。在拍摄老版《西游记》时，六小龄童曾向众多猴戏名家请教，尤其得父亲六龄童章宗义的真传。他在演孙悟空时特别注意使用眼神，并且要演得大气，不学动物园的小猴子。美猴王这个形象，是传统戏曲应用于电视剧的绝佳表现。相对而言，后来演孙悟空的演员不论多么大牌，都缺少六小龄童那种戏曲功底，缺少面部、眼神、细节动作的张力。

当观众对各种肆意恶搞的《西游记》厌烦时，自然会想起老版《西游记》里众多戏曲演员的精湛表演，因此才会呼吁六小龄童上春晚。不论如何，彩头戏都是特定时期的产物，不会成为舞台的主流。观众想看的是"戏"，不是狗血。因此传统戏曲少有观众，不是演得好不好的问题，而是戏已经不是当初的"戏"了。

---

① 北京话，指用塑料、化学用品制造的东西。

评书：世上已无柳敬亭

　　大约是在 2010 年，我曾有幸见过评书大师袁阔成先生。他穿着朴素，戴了副宽边眼镜，身量不高，走路稍微有点儿跛脚，腰板却倍儿直，精气神极佳。当时他已经八十一岁高龄了。一说话，感觉到他声音洪亮，非常亲切，不像照片上那位身着长衫的大师，只像位普通而有文化的老人。

　　交谈过后，他与我们握手道别，他用力握手，对我用开玩笑的语气说："千万不要看不起我们民间艺术啊。"随后他飘然而去，潇洒如得道的世外高人。这次短暂的见面是我的荣幸，每每再听他的评书，更感觉这一艺术的博大精深。

一

　　过去评书老师授艺时，要学生领悟一首《西江月》："世上生意甚多，唯有说书难习，紧说慢讲非容易，万语千言须记。一要声音洪亮，二要顿挫迟疾。装文扮武我自己，好像一台大戏。"足见得说书这碗饭不是那么容易吃的。

　　说评书有很多种说法，过去有茶馆，也有专门的书馆。茶馆里以喝茶谈事为主，可以请先生说书，也可以有其他曲艺表演，而书馆里是一天到晚不停地有人说书，喝茶是次要的。这茶馆里的书、书馆里的书、电视评书、广播评书、晚会上的评书、现场有观众的评书、静场没观众的评书、现场打钱的评书、统一卖门票的评书，说法都不一样。

在书馆、茶馆里说书，怎么也得说一两个钟头，其间包括拉典故、聊大天。说书人说到《挑帘裁衣》的时候一拴扣子，第二天书座儿们还接着来。若是有客人要外出三天，只要提前打好招呼，三天后回来，听到的还是西门庆见潘金莲，而这三天既有内容说，又不能让其他座儿烦了。这是说书人的能耐，可到了广播里就不是这么说了，每集二十五分钟，什么都没展开，每集就结束了。有的评书演员在现场说得挺好，在静场录音时就难受，说出来不是味道，要给他找几个听众坐在对面才行。有的演员只能坐着说，没法儿站着像田连元那样带上武功身段，来个打拳踢腿、刀枪架子，有的人连"大枪一颤"的身段一辈子都做不好。而在晚会上演出，也是在十几分钟内，一下子吸引观众，把节目演火了，是另外一种功夫。

按照内容分类，评书可以分为袍带书（俗称大枪杆）、短打书、神怪书、世情书等，还有各种评书短段。袍带书是历史演义，短打是侠义公案，以女将为主角且带有神怪成分的叫"花袍带"，比如以穆桂英、樊梨花为主角的书。评书中，以书本上印的为基础说的叫"墨刻儿"，以书本上没有的来说的叫"道活儿"。过去在茶馆书馆，如果只说"墨刻儿"，听众等不及了，可以买本书来看，这样就不去花钱听了。而"道活儿"说的都些新鲜玩意儿，都是口传心授，《三国》《水浒》不见于书本的故事很多，都是靠着评书艺人口传心授。现在能说"道活儿"的演员不多了。

二

袁阔成不论袍带、短打、神怪、世情，不论"墨刻儿""道活儿"，不论古代、现代，不论长篇、短段，一勺烩，都能说。他还在春晚上说过评书小段，和田连元说过相声，不管什么书，张嘴就来。他说的《三国》如黄钟大吕，那种大历史、大战场、大人物的气势，令听者折服。听他说《西楚霸王》，听到刘邦的各种阴谋和项羽的冒傻气，不禁为项羽着急，而最后听他说到十面埋伏、霸王别姬之处，几欲落泪。他说书的细节很传神：说《三国》时说吕布的狂傲，说他为了显示赤兔马快，故意放敌将跑出一段再追；在大开大合之中，还充满了各种如打翻酒杯之类的细节。他说《封神演义》，在说各种神魔斗法之际，还塑造了费仲、尤浑两个小人物，为书里添了很多包袱。

同样，袁阔成是一位幽默大师，他说《温酒斩华雄》，形容华雄一天杀死袁绍四员战将，这一天四员，十天四十，一百天四千，不几天就杀完了。他在《水泊梁山》中说高俅，"长得是赵高的脑袋、董卓的眉毛、曹操的脸、费仲的鼻子、尤浑的眼、王莽的耳朵、庞文的嘴，就胡子长得还不错，跟张士贵差不多"。他描述时迁盗宝之后曾留下一束，写了一首歪诗气"生铁佛"："大麦青青小麦黄，蟠桃美酒我先尝。贼吃贼，越吃越肥。"听来让人喷饭。

袁阔成讲的《水泊梁山》就是"道活儿"版的《水浒》，用的是《水浒》的人物，但故事与《水浒》中不一样，居然是宋徽宗的一把紫金八宝夜光壶被高俅留下把玩而被盗开始的，引出生铁佛盗壶觐见，反被"鼓上蚤"时迁偷走，往下引出另一路的故事来。袁阔成把原著中一些没多少篇幅的小人物如"鼓上蚤"时迁、"飞天大圣"李衮、"铁笛仙"马麟、"矮脚虎"王英、"九尾龟"陶宗旺、"神算子"蒋敬当作主角，还说了个"江湖四怪杰"："铁棒"栾廷玉、"神枪无敌"史文恭、"擎天柱"鲍闻、"生铁佛"崔道成。可惜这部《水泊梁山》播出了一百回，还没播完，不知道后面的录了没有，千万不要成为刘宝瑞《君臣斗》那样的未完版，成为听众永远的遗憾。

新中国成立以后，评书要说《林海雪原》《烈火金刚》这样的红色现代评书。现代评书与传统书在故事内容和主旨上都是完全不同的，而在袁阔成这里是一样的，他说的现代评书完全是传统评书的套路，连口风带技巧都是一脉相承的。其中很多段子如《舌战小炉匠》《肖飞买药》都是经典选段，演出时都带上边式的大身段，说踢腿就踢腿，只可惜录像存留不多，或尚在个人手中保留，很难见到。我曾在网上看到一段1981年录制的《肖飞买药》，百看不厌，只可惜这只是个片段。

三

全国各地都有评书家，袁阔成出身于北京这一脉的评书世家，与连丽如的父亲连阔如平辈。

评书这门艺术承传十分复杂，演员众多，排的字辈不那么整齐，很多人所排的字辈不同，实际上都是一个辈分的。一般都认为说书起源于明朝的柳敬亭，而柳敬亭说的是打着鼓的大鼓书，边说边唱，由三弦伴奏。柳敬亭在清代康熙年间在北京说书，收了个徒弟叫王鸿兴，王鸿兴收了三个徒弟，叫何良臣、安良臣、邓光臣，号称为"三臣"，这就是北京评书一脉的发展与承传了。这一脉因为进宫演出的不便，很早放弃了伴奏和打鼓，改为纯粹的评书。

现在大师级的评书演员里，刘兰芳是唱东北大鼓出身，代表作是《岳飞传》，她的师傅赵玉峰是西河大鼓赵派的创始人；单田芳是唱西河大鼓出身，单田芳母亲王香桂就是唱西河的，艺名"白丫头",父亲单永魁是弦师;田连元也是唱西河门弦师出身,给爱人伴奏,把爱人演唱的西河鼓书《小八义》改编成评书,他的师傅是相声演员王佩元的父亲王起胜,本身是西河门"连"字辈,与贾连舫、马连登平辈,贾连舫是李鑫荃的夫人,连丽如的丈夫贾建国的姐姐,马连登是马增锟、马增芬、马增蕙、马岐等人的父亲。所以说,西河门与评书门,"连"与"阔"是两套字辈排列,之间师承不同,但通婚倒是极易发生。现在由大鼓书改说评书的名演员很多,比评书门出身的火。

说起评书门,"阔"字辈的晚辈中,有"增""存"等,知名的演员有李鑫荃、刘立福、连丽如、张振佐(又名张增友,是张少佐的父亲)、顾存德、姜存瑞、于枢海等,其中一批都已经凋零,或淡出观众的视野。比如李鑫荃是 20 世纪 60 年代说红色现代评书的带头人,由他改编演播的《红岩》《平原枪声》红极一时,虽然是现代评书,但他天赋、悟性极高,诗词掌故信手拈来,曾与袁阔成齐名,现在罕有把现代评书说到他那种水平的了。

不论从历史承传、现场演出还是从史料研究和艺术欣赏角度来说,袁阔成先生都是极为珍贵的活文物,是一个时代的标志。"古有柳敬亭,今有袁阔成",作为当今辈分最高,也可以说成就最高的评书大师,他的去世,不仅是一代大师离世,也是一个时代的终结，那个艺术大师频出的时代过去了，以后能否再出现，是个未知数。

四

关于评书，我是个外行，只是从小十分喜欢听，听不到录音版和现场的，就找来文本看。在小学一年级的时候，我家里有台九英寸的黑白电视，我就在上面听了田连元的《杨家将》《小八义》《施公案》《包公案》，后来听了袁阔成的《三国演义》《封神演义》和《水泊梁山》等，刘兰芳的《岳飞传》净街的时候，我没赶上，但之后断断续续也听了。长大后，我也曾去书馆里听马岐、连丽如的现场，中青年里，张少佐、孙岩、孙一等人的评书，我也都听过，年轻人里，王玥波、李菁、郭德纲、徐德亮、勾超等人的，我也很喜欢。比如王玥波，他的肚囊极为宽敞，会得多，说评书是评书的味儿，说单口相声是单口相声的味儿。

说到现在的评书，多少有些难受。依稀记得袁阔成生前曾说过救救评书，在我看来，评书式微的原因是生活方式的变化。现代人少了那么大把的闲暇时间，没空去泡茶馆了。就像前文所说，唱大鼓书出身的演员火爆，是因为鼓书改编成评书，故事都很传奇，没有那么多的评、拉典故、刀枪赞等，现在人缺少传统文化修养，就是为了听故事，说书人讲了太多的典故也没人听。人们已经习惯了在广播和网上听评书，就更少去茶馆、书馆听评书了。

当下娱乐方式多种多样，人们都很忙很累，顶多是在乘坐交通工具时听听，评书受众的主体变成了出租车司机。这时的广播是伴听的，不管广播的是什么，有个声就得，也做不到每天都等着。喜欢的话，直接上网就什么都能搜到。等到观众又养成了进剧场听评书的习惯，评书也就自然能够良性发展了。所以说，连丽如带着她的徒弟和干儿子们，或是马岐带他的徒弟们，在茶馆、书馆里现场说书是很有意义的事。

评书承传问题的本质并不是后继无人，而是社会没有给年轻的评书演员留饭吃，他们没有足够的舞台。很长时间内，各地都没有足够多的茶馆、书馆，有的话，单靠每人几十块钱的门票是难以维持运营的。而专业院团也没有名额，现在单靠说书是吃不上饭的，年轻评书演员大多有其他的工作，比如从事出版、影视等行业。

再者，可听的评书太少了，许多优秀的评书节目已经失传。以前说评书，说赵云枪挑了曹将，都有"去你妈的"之类的脏话；而说樊梨花，都是说樊梨花是黎山老母的徒弟，黎山老母下凡斗法。1949 年以后净化舞台，这些都被删了，也有很多不错的神怪评书失传，尤其是"道活儿"版的内容。现在一些评书演员学的都是短段，会个《辕门射戟》和《三打祝家庄》，走遍全国，到哪儿都讲这两段，让他说整本的《三国》《水浒》，他就不行了。以前全国各地有很多版本的《济公传》，尤其是教过王玥波的马增锟先生最为擅长，现在流传的《济公传》已经残缺不全了。幸好有徐德亮，他出版了一个百回本。

评书会渐渐衰落，但永远不会消亡，就像地方戏曲一样。总是会有一批热爱评书的演员和观众在说书、听书。而对于评书的创新，并不值得担忧，每种艺术都在随着时代发展而发展，未来评书会是个什么样子，还是走着看吧。

梅郎：完美主义者

　　梅兰芳是谜一样的男人。他是梅郎、梅老板、梅博士、梅团长、梅院长；他是书画家、作家、武术家、舞蹈家兼社会活动家。他烟酒都沾一点儿，好打羽毛球、游泳、打高尔夫；也好养鸽子、种花、喝豆汁。他乃"民国四大美男"之一，没准儿还是那会儿灌唱片最多的演员，他有着各种各样的八卦，不知多少公子王孙曾为他一掷千金；他有过几位夫人，收了一百多位弟子，积累下数不清的财产和文物，又大量捐了国家。他演过话剧，给戏曲当过艺术指导；拍过《生死恨》《梅兰芳舞台艺术》等电影，出过《东游记》《我的电影生活》《舞台生活四十年》等书，还出过大量歌谱和剧本。他题词，主持社团和报刊，出访过美苏两个超级大国，创立三大表演体系之一（大多数国人看来，另外俩纯属扯淡），看过七遍卓别林的《大独裁者》……作为男人，能活得如此精彩，实在难得。

　　梅葆玖是梅兰芳最小的孩子，也是唯一继承其衣钵的一个。梅兰芳子女中夭折较多，仅有梅宝琛、梅绍武、梅葆玥、梅葆玖长大成人。梅宝琛是工程师，梅绍武是翻译家，梅葆玥虽然也进了梨园行，工的却是老生。

　　梅葆玖是典型的民国公子范儿，能讲一口地道的老派上海话，喜欢研究录音机、无线电，喜欢吃牛排、比萨、巧克力，喜欢开好车、开飞机，喜欢听席琳·迪翁和迈克尔·杰克逊。在梅兰芳的剧团中，梅葆玖管得最多的是音响。

一

　　清末废了科举，传统社会礼崩乐坏，数百年间士大夫阶层余音绕梁的昆曲大厦将倾，京剧已经从地方戏一跃成了国剧，日益繁荣。梅兰芳生在京剧艺术发展的繁荣期，梅派是京剧艺术鼎盛期的代表流派之一。

　　1911 年，梅兰芳十七岁，在北京首演《玉堂春》。随后，在各界参与的京剧演员评选中，梅兰芳名列第三，获誉为京剧界的"探花"。1913 年，梅兰芳南下上海，商家为他打出"敦聘初次到申，独一无二、天下第一青衣"的广告，一炮走红。当时上海流传"讨老婆要像梅兰芳，生儿子要像周信芳"。

梅兰芳的演艺生涯开始时，政体变了，文化变了，戏曲也只有改革才能适应新时代。梅兰芳回忆说，1913年，"我初次由沪返京以后，开始有了排新戏的企图……我不愿意还是站在这个旧的圈子里边不动，再受它的拘束。我要在走向新的道路上去寻找发展"。当时，一干"新青年"也将矛头直指京剧，陈独秀诘问："吾国之剧，在文学上、美术上、科学上果有丝毫价值耶？"他们心中的"文明戏"乃是话剧。

本着革新京剧的目的，在梅兰芳的"缀玉轩"聚集了一批后来被称为"梅党"的人。他们中既有银行家，也有诗人、画家，最著名的当然是齐如山。这些人为梅兰芳筹集资金、撰写剧本、设计服饰、琢磨身段、创新舞台，才有了《天女散花》《霸王别姬》等一系列古装歌舞戏和时装新戏。在《嫦娥奔月》中，梅兰芳首先在嫦娥出现时使用追光，还加了大量的舞蹈；在《霸王别姬》里，他加入了舞剑；在《黛玉葬花》中，他加入了锄舞。京剧原本是"唱念做打"，直至梅兰芳开始，成了"唱念做打舞"。

在梅兰芳成名以前，听京剧主要听老生，武生也还没跟老生分得那么明显。谭鑫培、杨小楼都是文武全才，要嗓子有嗓子，要身段有身段。有了梅兰芳，才有旦角挑班；有了金少山，才有花脸挑班；有了叶盛章，才有武丑挑班。在梅以前，旦角的表演呆板，人完全被束缚住，只是捧着肚子在那里干唱。观众也就一边吃喝一边听唱，并不正襟危坐。像电影《梅兰芳》演的那样，梅兰芳加入了表演，改编老戏，独创新戏，才使得旦角表演艺术得到了提高与发展，大受欢迎。他用了二十年提升了青衣的地位，又在王瑶卿的帮助下，完善了"花衫"这个行当。

梅兰芳早期观摩过王钟声春阳社的时装新戏。这种戏大略可认为是"话剧加唱"，如今仍不绝于舞台。按当今的观念，"话剧加唱"是毁灭京剧的罪魁祸首，但在那个时代，没有一位名演员不演这种戏。女角同样由男子来扮演，李叔同就是此间的高手。尚小云演《摩登伽女》，一个古印度的故事，要烫发、穿古印度服装、刮腿毛、穿丝袜与高跟鞋，再跳一段英格兰舞。梅兰芳演的时装新剧有《孽海波澜》《宦海潮》《一缕麻》《邓霞姑》，大都在反对封建的包办婚姻，革命味十足。在《一缕麻》的末尾，梅兰芳披婚纱，姜妙香着西装，演西式婚礼的场景，当时叫文明结婚，轰动一时。但后来，梅兰芳觉得这么演有问题，就渐渐放弃了。他还尝试过实景京剧，《俊袭人》是在实景中演出的，但手脚却被道具布景困死，怎么演都放不开，后来他也放弃了。

后来出版的《梅兰芳经典老唱片全集（1920—1934）》中，12张CD是这样编排目录的：传统青衣戏3张；传统花衫戏3张；新编古装戏3张；新编历史戏4张；昆曲吹腔戏1张；反串小生戏 1 张；未出版的《生死恨》全剧 2 张。梅派的新戏和老戏能达到共分天下的局面。

梅兰芳对京剧的改革是功绩无量的，即使是身为新文化运动领袖的胡适，也多次表示过赞赏。在获得全国性的声誉后，梅兰芳又在"梅党"的协助下，开启了访日、访美、访苏之旅，使"梅郎"成了一位世界性的艺术家。在美国，有评论家说，"梅先生和他的剧团成员一直把他们自己视作中国文化的使节"。当时有人说，在中国人里，只有蒋介石、宋子文和胡适三个人在美国广为人知。胡适立即补充道："还有一个梅兰芳！"

《梅兰芳艺术年谱》中记载着一段梅兰芳访美归来后的日程安排："每周一、三下午两点，请一位英国老太太来教两个小时英语口语和文法，四点钟后，俞振飞、许伯遒带笛来拍曲、度曲；每周二、四、六，又请画家汤定之教其画松梅。"

那时唱戏的演员一般上午睡觉，下午准备晚场的演出，演至午夜 12 点散戏，一起去吃夜宵，同行们交际切磋，顺带着给徒弟说戏，夹杂着抽大烟的嗜好，休息就要到后半夜了。而梅兰芳的做派与同行全然相异，就连抗日战争期间息影舞台、闲居香港的他仍是早起看报、打太极、上午画画、给朋友的照片上色，下午学外语或古典文学，晚上继续看书，或自拉胡琴琢磨唱腔，或请许源来吹笛唱昆曲，周末去九龙打羽毛球，并经常去看电影。

也许梅先生是个极端的完美主义者吧。他很早就跳出唱戏吃饭的层面，为了维护京剧的形象，他甚至对自己的唱片和演出时常不满。《贵妃醉酒》演了几十年，也改了几十年。费穆导演的《生死恨》，拍完了，音轨对不上，费穆把自己关起来整了一个多月才对上，但洗印时仍偏色，梅兰芳不愿让影片上映，在朋友的劝说下才勉强同意。那个年代，戏曲演员愿意拍电影的并不多，嫌表现不完整。观众想看演员的身段，而镜头却来了个特写，身上的动作、武功全看不着。

过人的自制力成就了过人的艺术造诣。而远超同侪的影响力，也让抗战时身在上海的梅兰芳成为各方的聚焦——他投降，象征着中国文化界的屈服；他抗争，则会是国人的一个榜样。梅兰芳选择了后者，于是有了我们从小在课本上看到的故事——蓄须明志。正如丰子恺说的那样："茫茫青史，为了爱国而摔破饭碗的'优伶'，有几人欤？"抗战胜利后，梅兰芳重登舞台，自然声誉更隆。

时间很快到了1949年，梅兰芳又要面对一个新的选择——走，还是留？他的老搭档齐如山从已被围困的北平脱险后，在上海几次劝说梅兰芳一同赴台。梅兰芳说，大家都说他是一个艺术家，与政治无关，且到过苏联，共产党对他也一定另眼相看，反劝齐如山留在大陆。齐如山为尽朋友的义务，坦诚地说，"不可不注意，他们必要利用你"，"凡人名气大，地位高，都容易被人利用"，最后拿一句戏词说："再思啊再想！"

二

林徽因的"太太的客厅"位于南北向的北总布胡同，出了北总布的北口，那条东西向的无量大人胡同里，即有梅兰芳的缀玉轩（20世纪90年代建金宝街，早已把几进亭台楼阁、假山池沼拆除殆尽）。

缀玉轩曾经谈笑有鸿儒，往来无白丁。不能小瞧"四大名旦"身边的文人——文人本以经史为本，诗词为末，诗词不成便付之戏曲，戏曲不成便付之小说。清末废了科举，不谈经史，又恢复了元代的风气。文人丧失了地位的高贵，但有幸为艺术注入文化的血液，以提高京剧的地位。

民国时期，新旧文学长期分庭抗礼。五四运动提倡思想解放，并没有灭掉旧文学，旧文人独立于新文学的创作之外。当时大批的文化遗老坚守文言骈文、文言散文、古诗词、传奇杂剧、章回体小说等旧文学，成就并不比新文学弱。同光体巨擘樊樊山逝世于1931年，郑孝胥逝世于1938年，末代状元刘春霖逝世于1944年，都留下了大量诗作。很多旧文人直至1949年以后才用白话文写作，如掌故大家瞿兑之等。旧文人中不少是留洋归来，并非不会外语、没有新思想和故步自封，选择旧文化是他们的个人志趣。而梅兰芳开了艺人与旧文人结盟的先河。艺人向文人学文化，文人向艺人借平台。

在梅党中，齐如山是总策划，冯耿光是股东，许姬传兄弟是秘书。齐如山自不必提，著有文集数十卷，为梅兰芳编了四十多个剧本。他的学问不是最深的，但江湖资历是最老的。李释戡则堪称梅兰芳的幕僚长，他曾留学日本，是位旧体诗人，编剧有《天女散花》《嫦娥奔月》《黛玉葬花》《西施》《洛神》，他的编剧大胆采用古人的原文，把《洛神赋》《红楼梦》等的意境化入京剧中。梅党的核心成员还有许源来、许伯明、舒石父、郭民原、张孟嘉、张庚楼、言简斋、黄秋岳等，大多是世家子弟；另有樊樊山、易实甫、王闿运、张謇、陈三立、姚茫父、陈师曾等，都是梅兰芳的铁杆粉丝，每个人都是学问盖世，影响不可小觑。

其实另外三大名旦也有智囊相助。程砚秋有罗瘿公、陈叔通相助，罗瘿公藏书甚富，著有《庚子国变记》《中日兵事本末》《割台记》《中俄伊犁交涉始末》等，编剧有《花舫缘》《红拂传》《鸳鸯冢》《青霜剑》等。荀慧生（艺名"白牡丹"）有"白党"，陈墨香、陈水钟为之编剧，陈墨香著有《梨园外史》《墨香剧话》

《活人大戏》《梨园岁时记》，编剧有《红楼二尤》《霍小玉》《棒打薄情郎》《杜十娘》等。尚小云更有武侠小说大师还珠楼主相助，编剧有《昭君出塞》《乾坤福寿镜》《失子惊疯》等。

旧式文人的参与使京剧艺术在民国时期走向辉煌。梅兰芳和梅派艺术以及民国时期京剧的繁荣，给了旧文学一个很好的发展出口。

不过，更有意思的是新派知识分子对梅兰芳的评价。鲁迅在写于1934年11月1日的《略论梅兰芳及其他》中说："他（梅兰芳）未经士大夫帮忙时候所做的戏，自然是俗的，甚至于猥下，肮脏，但是泼剌，有生气。待到化为'天女'，高贵了，然而从此死板板，矜持得可怜。看一位不死不活的天女或林妹妹，我想，大多数人是倒不如看一个漂亮、活动的村女的，她和我们相近。"周作人等人持近似的观点，他们都认为，京剧在徽班进京以前是好的、原生态的，而进了京城，经过文人的加工，等于士大夫文化、皇家文化把原生态的民间文化污染了。田汉在《中国旧戏与梅兰芳的再批判》中，批评梅兰芳做了封建士大夫统治的工具。而喜欢看戏的人往往持与此相反的观点，认为正是传统文化的熏染和洗礼才提升了京剧艺术。这是民国时新旧文人有趣的地方。梅兰芳十分爱惜自己的羽毛，对别人的批评表面上不说，但心里头都有数。在鲁迅、胡适、傅斯年、钱玄同、周作人批判传统戏曲的年代，他仍以艺术表现回击，证明了旧剧的希望。

三

1949 年，梅兰芳留在了大陆，参加了政协会议。会后，梅兰芳率团在天津演出，接受《进步日报》——曾经的《大公报》——采访。他说：“京剧改革岂是一桩轻而易举的事……我以为，京剧的思想改造和技术改造最好不要混为一谈。后者在原则上应该让它保留下来，而前者也要经过充分的准备和慎重的考虑，再行修改，这样才不会发生错误。”最后他总结道：“俗话说，‘移步换形’，今天戏剧改革工作却要做到‘移步’而不‘换形’。”真是一石激起千层浪，梅兰芳立刻就被当成了反对京剧革命的“改良主义者”。

其时新中国刚刚成立，中央为团结党外人士，指示天津市委第一书记黄敬，要他妥善处理。于是当时主管天津文艺工作的阿英先是在中国大戏院举行集会，欢迎梅兰芳；又为他开了一场戏剧界领导、名流参加的研讨会——给梅兰芳一个检讨的机会。果然，已经被田汉、马少波等人谈过话的梅兰芳，对自己来了一个全盘否定：“我现在对这个问题的理解是，形式与内容不可分割，内容决定形式，移步必须换形，这是我最近学习的一个进步。"这或许让梅兰芳第一次见识了新社会和以往的不同。

不管梅兰芳内心的真实想法是怎样的，新政权改造戏剧的决心都不会变。中央成立了一个"中华全国戏曲改革委员会"，周恩来总理签发指示，要求"改戏、改人、改制"，一批宣扬"封建迷信"的戏被禁了，已经是中国戏曲研究院院长的梅兰芳率先表示，不再演自己的名作《刺虎》，因为这部剧涉嫌污蔑农民起义——演绎了大明公主刺杀"闯贼"的故事。

以往梅兰芳对角色扮相的改革只是戏曲界一种正常的美学追求，而新社会的戏曲改造已经很少和艺术关联，目的非常明确，那就是让戏剧能反映社会主义意识形态。于是戏曲界在1958年也开始了"大跃进"——上海沪剧院在2个月内，编演了32部现代戏；南京越剧团半年时间里，创作现代戏289部，改编现代戏121部。相比之下，梅兰芳在1949年后的成果很少，除了拍了几部电影，推出的新戏只有一部《穆桂英挂帅》，这是戏曲界领导马少波亲自为他选的剧目，而马少波也是梅兰芳的入党介绍人。

1961年，梅兰芳病逝于北京。他的葬礼极尽哀荣，由副总理陈毅主祭，文化部副部长齐燕铭致悼词。

四

梅兰芳的子女中夭折较多，长大成人者中，仅有梅葆玖继承其衣钵。

梅葆玖 1934 年生于上海。他喜欢研究录音机、无线电，喜欢开好车、开飞机，若时代真能让他自由发展的话，他会成为一位出色的工程师。1943 年，梅兰芳请来王瑶卿之子王幼卿为梅葆玖开蒙，梅兰芳自己也曾多次带他合演昆曲《游园惊梦》以帮助其实践。特别是两人合演《金山寺·断桥》，可看到梅兰芳演的白蛇和梅葆玖演的小青。20 世纪 50 年代，梅葆玖经常演《生死恨》《玉堂春》《二进宫》。1962 年，九三学社和梅兰芳剧团在全国政协礼堂联合演出时，大轴戏就是朱家溍、梅葆玖的《霸王别姬》（朱家溍先生为杨小楼传人，同时为梅兰芳《舞台生活四十年》整理者）。这场戏在内部轰动一时。

直至前些年，梅葆玖先生还住在东城区的一条胡同里，家里是民国时期的二层小楼。经过楼下，偶尔能听到里面传来的胡琴声。有的时候还能看到他在胡同里擦车。年纪已高，他的声音却保持得很好，年近八旬仍能演唱《牡丹亭·游园惊梦》。

梅兰芳在《舞台生活四十年》里这么说："我对于舞台上

的艺术，一向是采取平衡发展的方式，不主张强调某一方面的特点来。这是我几十年来一贯的作风。"同样，梅葆玖也在采访中说，梅派的最大特点就是"没有特点"，讲究的是规范，而不是突出某一方面，真正做到了"大象无形""真水无香"，是"中和之美"。他在《从〈梅兰霓裳〉论梅派的"中和之美"》中，特意讲了中和之美。可以说，梅兰芳有的方面不是最独特的，但综合起来，没有人能比他演得更好、更完美。

梅葆玖说过："这一人在台上，12分钟也好，13分钟也好，必须是勤学苦练的结果，不能有半点儿虚假勉强。手里拿的那个黄布包的印，已非身外之物，都已血肉相连了，拿印之手就有戏了。台上就你一个人，所有的表演技巧，包括声、色、形、神、唱、念、动作，能使观众觉得气氛充满整个舞台，虽然仅仅一个人，也就像在台上涌现了千军万马，满台绝不显得是空着哪个角落，相反，每个角落都在演员的表演气氛笼罩下。这是说着容易，做起来难。"

梅兰芳是最大的京剧革新家。目前来看，他的革新是成功的，即在京剧的基础上革新，而不是凭空捏造。梅葆玖同样是革新家，他在太合麦田出过唱片《梅葆玖：太真外传/贵妃醉酒》，给京剧编曲配器加了交响乐伴奏，又将《太真外传》改编成《大唐贵妃》，这些都是有争议的事。有时大众不一定能接受，也不知过些年能否接受。

　　而未来的京剧将怎样演出，未来的观众能接受怎样的京剧，这还是交给时间来检验吧。

　　遗憾的是，梅派的衣钵在梅葆玖的下一代中没了传人。他曾说过："'文革'耽误了一代人，我们的子女应该学戏的年代正赶上八个样板戏，那时男旦靠边站，老戏不让唱。"本来他哥哥梅绍武的儿子很有条件，但是那个年代不让学戏，最终他选择出国了。但让梅葆玖感到欣慰的是，大哥的孙子梅玮能唱上几段，业余跟着梅葆玖学学戏。梅葆玖说："这也算梅家隔代的传承。"

鬼音：程派并非谁都能学

　　京剧里，梅兰芳和梅派的事不好说，程砚秋和程派的事，更不好说。

　　民国时期，程派曾被称为"鬼音"。

　　比起梅老板，程老板是苦的。程砚秋家不是梨园世家，在他之前不是，在他之后也不会是。他们家在旗，因父亲去世，家里孩子多而无法养活，程砚秋才去学唱戏谋生。并非门里出身的人家学戏要有成就，会比梨园世家子弟要难，但也会更用功。

一

　　程砚秋能戏很多，学过武戏《挑滑车》，先攻花旦，后发现
自己是唱青衣的材料，便专攻青衣。论天赋，程先生不错，除了
个子有点儿高以外（将近一米八）。他十几岁时嗓子极好。早年
间的京剧老生刘鸿声是以调门奇高著称的，尤其擅长"三斩一碰"
（《辕门斩子》《斩马谡》《斩黄袍》《碰碑》），老唱片里有
他一句"忽听得老娘亲来到帐外"，如六月天饮了冰水般痛快。
谭鑫培都盖不过他，据说是编了《沙陀国》的新戏，票房才有了
好转。程砚秋就跟这样的调门配戏。

　　程砚秋学戏时遭的罪，不算最大，但也不多见。程砚秋

幼时的师傅荣蝶仙脾气暴躁，稍有不快抬手就打，打得程砚秋腿上瘀血结成了血疙瘩，待他成年后到国外做了手术才治好。程砚秋十三岁时嗓子唱倒了，可荣蝶仙还是接了上海的包银，要他去演出。罗瘿公管人借了六百大洋把程砚秋赎了出来，程砚秋提前出师，才开始下挂①。罗瘿公每天教程砚秋文化，请人给他拍昆曲，每周一、三、五，还亲自带他出去看电影，又给联系拜梅兰芳为师，所以说程派的东西里有梅派的玩意儿。

除了得益于罗瘿公早期编的剧目外，京剧程派艺术最得益于"通天教主"王瑶卿为程砚秋设计的声腔。程派的声腔幽咽婉转、若断若续，似使劲似不使劲，但声音根底是浑厚而能响堂的。据程永江先生著的《我的父亲程砚秋》载，程家有个坛子，刚好架在与程砚秋等身的高度，他每天都对着坛子练念白。

再说说程砚秋的武术功夫。当年，四处都流传着他在前门火车站动手打日本特务的故事。他曾拜会过民国时期孙中山的保镖杜心武，也曾跟北平的太极拳名师高紫云、"醉鬼张三"等武术家学艺切磋。梅兰芳在《霸王别姬》里舞剑，程砚秋在《红拂传》等戏里也舞剑，只可惜程派武戏传人不多。

二

程砚秋有个性，他坚决反对子女学戏。北平沦陷期间，为了不给日本人唱戏，程砚秋竟然到青龙桥、黑山扈一带买田种地，做起了农夫。

不但反对子女学戏，程砚秋还一生不愿收女弟子，可惜的是，现在唱程派的全是女的。

程砚秋认为女弟子不大适合学他的艺术，教授起来也不方便。因此他的弟子荀令香、陈丽芳、徐润生、刘迎秋、王吟秋、赵荣琛、李丹林、尚长麟等，都是男性，其中荀令香和尚长麟分别为荀慧生和尚小云的儿子，徐润生和刘迎秋都是票友。1955年，在组织的要求下，程砚秋才收了江新蓉这一位女弟子。

这里不得不说一说新艳秋。新艳秋原名王玉华，艺名玉兰芳。她和哥哥都是唱河北梆子的，但看过程砚秋的戏后就立刻迷上了，次次偷学。梨园行里，没拜过师是不能学了演出的，新艳秋犯了忌。1930年前后，新艳秋打出"程派"的旗号，还趁着程砚秋去欧洲考察的机会，拉拢了程砚秋班社中的配角给自己配戏。她几次渴望拜程砚秋为师，但都被程先生以不收女弟子为由谢绝，最后拜入梅兰芳门下。

在以上弟子中，唯有李丹林先生享得高寿，年过九旬尚为他人说戏，传播程派，但并不为大众所知。

而程派表演艺术家李世济当年是通过上海交通大学的高才生唐在炘认识程砚秋的，他们都是上海程派的名票。当时唐在炘二十三岁，李世济十三岁。后来，唐在炘成了程砚秋的琴师，并拜名琴师徐兰沅为师，李世济拜程砚秋为义父，后来唐李二人结为伉俪。李世济的父亲李乙尊是民国政要李济深的幕僚，新中国成立后任上海市政府参事。程砚秋是在朋友要求下收这位义女的，但他还是反对李世济唱戏，梨园行是个大染缸，他怕女孩子受人欺骗。从这个角度来说，李世济能有今天的成绩，更是不容易。

20世纪80年代，活跃于舞台的程门弟子仅有王吟秋和赵荣琛。赵荣琛一再呼吁复兴程派，90年代因病去世。王吟秋80年代尚能登台演罕见舞台的程派名剧《红拂传》，但却因意外，与一位本属忘年交的工人发生纠纷，不幸死于非命。1999年，《戏剧电影报·梨园周刊》主办了"评说五小程旦"活动。李海燕、张火丁、迟小秋、李佩红、刘桂娟被评为"五小程旦"，一时活跃，争议颇多。

三

说到程派艺术的成就，还必须提及《锁麟囊》。《锁麟囊》是剧作家翁偶虹1937年编剧的，1940年5月于上海黄金戏院首演。整部戏故事十分简单，一位富家小姐结婚路上遇雨，在亭子内避雨，又见到一位贫家女子出嫁，不禁起了怜悯之心，赠送给她一个锁麟囊，里面装满了细软财物。多年后，富家小姐遭灾家败，到一户人家做保姆帮佣，而这户的主人正是当年的贫家小姐。于是二人相认，义结金兰。一段"春秋亭外风雨暴"赢得多少人的唏嘘感慨，它的感人，皆因冲破社会阶层的人性与人情。尤其是1941年百代公司版的唱片，演唱效果最佳，1949年以后因大师年长，演唱效果就稍逊了。这部戏本是个大团圆的结局，却在特定时间被称为"宣扬了阶级调和论"而遭禁演。到了50年代时，程砚秋渴望把这部作品拍成电影，但未能拍成，最后拍了《荒山泪》，实属可惜。1958年，程砚秋去世，年仅五十四岁。

《锁麟囊》成就了程派，也可以说是终结了"程派"。曾有一段时间，很多票友都认为，现在就"程砚秋唱得最不像程派"了。而程砚秋先生生前也是最不喜欢别人胡乱学他的。

程砚秋当年嗓子唱坏了以后，唱戏音是戏班中俗称的"鬼音"。这种音在梨园行被认为是"没饭"，唱不了戏了。原因是"鬼音"虽然有高音也有低音，但高音走脑后，低音十分低沉，从高音到低音中间变化的音是没声的，无法连在一起。这种"鬼音"，声音不够甜，嗓子不够宽，五音不够全，有种苦涩和哀婉。但程砚秋另辟蹊径，扬长避短。他叫翁偶虹写《锁麟囊》时不要像以往那样用七字句或十一字句，而用长短句。比如剧中的唱词："在轿中只觉得天昏地暗，耳边厢，风声断，雨声喧，雷声乱，乐声阑珊，人声呐喊，都道是大雨倾天。""轿中人，必定有一腔幽怨，她泪自弹，声续断，似杜鹃，啼别院，巴峡哀猿，动人心弦，好不惨然。"这样的唱词前所未有，而程砚秋的声腔也前所未有。这种脑后音一般是老生和花脸用，旦角中，唯有程派用得最多。程砚秋的声腔柔中带刚，而且中晚年嗓音又逐渐宽厚，与早年判若两人，这些很难学甚至没法儿学，更何况程派艺术不只是声腔，还包括那么多的武功与身段。

京剧是解释德国哲学家本雅明《机械复制时代的艺术作品》的最佳案例。本雅明说艺术是有"灵韵"的，即艺术作品要有原真性、膜拜价值和距离感。这三点，京剧都符合。因此，京剧不是现代艺术，更是不能复制的。传统戏曲是礼仪，不是展览，是 ceremony，不是 show。艺术是不能复制的。

昆曲名家张卫东先生曾做过一个讲座——《京剧流派不再诞生的因果》，详细分析了其中缘由：1949 年以后，新创的京剧流派中，能立得住的仅有裘派和张派，它们还都是 1949 年前打下的基础。那种师徒传承、票友相互传教的京剧氛围，才是流派得以发展的原因。

只有程砚秋一个人算"程派"，这个流派是他独家创立的，别人不能学的，因为别人没像他那样天赋好、练功苦、会武术、会拉二胡并收藏唱片、能写文章、能演讲、能喝烈酒、抽雪茄……他是在嗓子倒仓后，经过名师指点，重编新戏调理出了独特的声腔。曾有程派演员唱《穆桂英挂帅》，确实让人难以接受。有梅派的嗓子，还是不学程派的好。

---

① 术语，指重新梳理、编排。

文哏：被指定的舞台

哏，指有趣，逗笑。文哏指有喜剧情节、比较文雅、有知识性的相声段子。

1990 年 12 月 31 日上午，我上小学一年级，在班里组织的新年联欢上说了段单口相声。在我们班"现演"（现眼）以后，我还到二班（一年级俩班）继续"现眼"，演完挣了根铅笔，保留至今。而当时我说的相声就是苏文茂的文哏段子《扔靴子》。现在看着这根二十多年前带橡皮头的铅笔，那些念过的课本都忘了，听过的相声倒都记得。

一

　　苏文茂是药铺学徒出身，起先文化水平不高，但他一直坚持学习知识，最终成为以文哏著称的相声演员，也是相声作家。他创作了《美名远扬》《得寸进尺》《大办喜事》《满载而归》《学习张士珍》等段子，还与别人合写了《废品翻身记》等。同时，他也擅长演京剧、曲剧和电视剧，他能唱《女起解》《打渔杀家》《能仁寺》《铁弓缘》《打面缸》《法门寺》《乌龙院》等，酷爱看戏和电影，尤其是卓别林的电影。

　　苏文茂的相声，给了我不小的启发。他所创作、表演的相声，都在塑造一个有问题、值得讽刺与批判的典型人物——这个人物有名字、有身份、有背景、有形象，还会引发一个连带的问题：逗哏演员在饰演被讽刺的人物时，是否要保持演员自己的形象不受损害？

这个问题比较有趣，因为以前这不是问题。

在二人转表演过程中，演员最不怕的就是自我丑化，可以在台上指着拉大弦儿的（伴奏）说："拉大弦儿的是我爹！"

这时拉弦儿的肯定答应一声："哎！"

演员继续说："全场观众是我爷！"

给拉弦儿的找好几百个爹，自己当孙子，全无所谓。

在传统相声中，逗哏演员也不担心这个，他对捧哏的说："咱们相声现在越来越文明了。你看像这种：'我是你爸爸，我是你爸爸，我是你爸爸，我是你爸爸，我是你爸爸……'这个咱不说！"

这么说怎样也不吃亏，拿捧哏的砸挂就行了。而在新相声中，这个尺度见仁见智。当思考到这个问题时，我们在潜意识里已经将"说相声的"提高为"相声演员"，他们中有成就者将是表演艺术家，而不再是路边撂地的流浪艺人。

而就苏文茂塑造的人物，不论是《新局长到来之前》中的苏大秘、《美名远扬》中的"哏会计"还是《文章会》中的苏大才子、《红楼百科》中的红学家……那些充满各种缺点的小人物并不让人太厌恶，只是滑稽，更不会让人联想到他本人。苏文茂讽刺的枪不是投在这些人的行为举止上，而是投在中国所有小人物的影子上，他们都有共同的人性的弱点，何时予以讽刺与批评都不为过。至今我还记得《美名远扬》中的"哏会计"——一个因偶然间发表了篇"豆腐块"文章就靠抄袭而去当作家的人：

> 甲：……仨月赶上赵树理，半年超过郭沫若，一年零两天要达到鲁迅的水平！您说这计划不高吧？
>
> 乙：干吗还"一年零两天"哪？我看有一年足可以了。
>
> 甲：哎呀，要赶鲁迅先生，一年恐怕赶不上。
>
> 乙：那就多订点儿，一年零五天。
>
> 甲：那就超过他去了。

传统相声里也有这样的典型人物，但形象相对模糊，不鲜明，也大多没有名字和身份，更多的是逗哏演员以自己来表现。1949 年以来，相声受讽刺文学，特别是讽刺喜剧的影响，在塑造人物上下了功夫；相声作者不再只限于相声演员本身，还有有文学修养的职业曲艺作家，如苏文茂代表作《高贵的女人》《新局长到来之后》的作者何迟，以及马季、梁左等，相声本身的文学性提高了，更像喜剧了。全社会提高了相声的地位，丰富了这门艺术。除了苏文茂在相声中塑造的典型人物，还有马三立《买猴儿》中的马大哈、《开会迷》中的开会迷，马志明《纠纷》中的丁文元，高英培《钓鱼》中的"二他爸爸"，姜昆《虎口脱险》中塑造的社会小青年，等等，都是新相声的代表人物。

二

按照相声界"德、寿、宝、文、明"的辈分，苏文茂的辈分不算高，有些师叔比他大上十几岁，所以到了晚年，他也不大爱提辈分。他这一辈子有苦命，也有幸运。他年纪轻轻，师傅没了；中年丧妻，生活压力一直很大，但幸有续弦。在曲艺团踏实干了一辈子，除了"文革"期间被下放，他没流浪过江湖，没遭受过太大的折磨与否定。

苏先生的相声，成于"文哏"，但争议也来源于"文哏"。曾有名家开玩笑说，苏先生的相声是"温哏"，太温和，而且在改编中变动过大。《论捧逗》原名叫《八不咧》，最主要的表演段落是"打门就打门不咧，走就走不咧，拐弯就拐弯不咧"这样的地方，是传统的"争辩活"，因为"八"在春典中叫"张"，这段俗称叫"张咧子"。马季晚年和赵世忠合说过这段，还保持着马季独特的风格，如今依照传统演得好的是郭德纲和于谦，他们已经"磨"出来了。而在苏文茂的版本中，"八不咧"的地方都被删了，相对容易表演。在《批三国》中，侯宝林版的重在对刘备、吕布、刘安等人的点评，底是"刘安杀妻"，继承了戴少甫的风格；刘宝瑞版的底是"吴氏老太太生的张飞"（"无事生非"的谐音）；苏文茂版的底则是"三角恋爱"。比起侯宝林基于众人皆知的民间演义、戏曲人物的"歪传"和刘宝瑞的文字游戏，苏文茂的包袱略显高冷，不容易直搔笑点。

文哏相声是特定时期的产物，它和传统相声中的"清门相声"不是一回事。清门相声起源于全堂八角鼓，而"文哏"这提法最早应是来源于单口。单口相声借鉴了些评书的素材，说起来文雅有趣，因此才是"文哏"。对口相声里最早是没"文哏"这么一说的。郭德纲在《过得刚好》里写道："……（文哏）这类节目一直与伦理哏紧密相连。《反八扇》结尾要落在妓院，《五行诗》句句找便宜，《八大吉祥》说对方父亲是王八。可见所谓的文哏是为伦理哏作铺垫，并且不如伦理哏光明磊落。相声问世，乃为艺人谋生之手段。街头卖艺求三二碎钱买米买面养家糊口。立于风雪中满口高雅，不冻死也得饿死。"这话虽然是站在他个人的立场说的，但说得非常实在。这些相声的作者，都是清末落魄的八旗子弟，多少有点儿文化，但为了挣钱，内容肯定也高档不到哪里去。和表演火爆的武哏段《大保镖》《拉洋片》《武坠子》

比起来，真是撂地说"文哏"，谁听啊？

苏文茂是 20 世纪 50 年代相声改革的适应者。当时不让说传统段子了，新活编得不上座儿，他却能另辟蹊径，学了马三立先生的高招，把传统中让说的、文绉绉的拿来整合，并改编留存于舞台，以至现在还能听到《八扇屏》《论捧逗》《大相面》《五行诗》《汾河湾》。要知道，很多和他平辈的演员，能说的传统段子也就一两段，甚至几乎不会。当时不让教也不让学，等到能教能学了，已经到了 80 年代，找谁学去呢？苏文茂说这些段子时是在 60 年代，能够把传统段子演出来已经不易，总比演《万吨水压机》那样口号似的相声要好得多。当时演什么段子、怎么演，并不是演员说了算的。能有苏先生这样的相声演员，是一大幸事。

三

苏文茂的相声都是"死口"的，这一点和马三立先生的相声近似，都是死词，每次手势抬多高，在哪儿结巴一下，都是记死了的。苏文茂有"柳活儿"①，在《汾河湾》中唱了河北梆子《汾河湾》，在《窦公训女》中学郝振基唱了句高腔。高腔是传统戏曲的四大声腔之一，没有管弦乐器伴奏，只用锣鼓，声腔古朴高亢。像不像三分样，而如今已经少有人知道什么是高腔了。苏文茂的贯口也很好。把贯口说得快不算能耐，能说得抑扬顿挫、字字清晰、入耳连贯不绝才是能耐。现在会说贯口的也不多了。

说相声最好的是"拴死对儿"，合作四十年，开始说得再一般，最后能说得炉火纯青，这是中国传统艺术的魅力。就像侯耀文和石富宽、王谦祥和李增瑞、郭德纲和于谦，他们都是绝佳的搭档。而师胜杰老师就没那么幸运，一直没有固定的捧哏。而苏文茂是相声常氏家族的大哥"小蘑菇"常宝堃的徒弟，曾有于俊波、高元钧、全长保等名家为他捧哏，他也为常宝华捧过几年。后来张寿臣的徒弟、师胜杰的师傅——捧哏大师朱相臣与他搭档。朱相臣捧哏的话不多，但尺寸极佳，用现在的话说，他有冷幽默的劲儿。从1956到1966年，正是他与苏文茂合作整理上演了《批三国》《论捧逗》《汾河湾》《抚瑶琴》等节目，才确保了他"文哏大师"的根基。我始终被他一个最简单的小段《抚瑶琴》中的铺垫与技巧所折服，很多演员急着抛包袱，做不到这么沉稳、这么讲究迟急顿挫。

苏文茂：（学朱母）"我听你这音声，我想起一个人来。"

朱相臣：想起谁来了？

苏文茂：（母）"我想起我死去的娘家哥哥来了。"

朱相臣：哦，我舅舅。

苏文茂：（母）"我一听你这音声我想起他来了，我记得他跟你这一样。"（学朱父）"噢，那甭问，内兄一定是一位音乐家了？"（母）"他倒不是音乐家。"

朱相臣：那是干吗的？

苏文茂：（母）"他是弹棉花的。"

生活中的苏先生一本正经，爱搓麻将，不爱开玩笑。但我认为，他是有趣的，有雅量的。晚年他有双很有型的白眉毛。曾有观众给这位老先生起过一个善意的雅号，不是"白眉大侠"，而是"加菲猫"！若天堂有知，想来他是不会介意的。

---

① 相声术语，就是学唱各种地方戏曲和歌曲，分歌柳儿和戏柳儿，简单说就是学唱。

滑稽：从严顺开表演的阿Q想起

我们缺乏好的喜剧，但在生活中又充满了笑声，那海量笑声没有带来快乐。我们仍不会大度和明智，不会减轻生活的压力和痛苦，苦闷与无聊填满了每一个空隙。我们忙忙碌碌，终究一无所获。

"我和你困觉，我和你困觉！"

——《阿Q正传》

得知老爷子严顺开去世，心中不是滋味。演阿Q的演员走了，天堂中多了笑声。

阿Q的故事是出喜剧，生活也是喜剧。

严顺开先生是上海滑稽剧团的演员，他是中央戏剧学院毕业的，后到了上海滑稽剧团。他演过很多滑稽戏、小品和影视，通过阿Q带给我们笑声。

一

　　滑稽这种表演风格，并非滑稽戏所独有。一百年前，滑稽随着上海滩的经济急速发展，出现了"小热昏""说朝报"等表演。小热昏即"热得发昏"，有位卖秋梨膏的前辈艺人叫杜宝林，他用滑稽唱曲招徕顾客，自称"热得发昏随口瞎唱"，不能当真。"说朝报"是卖报的，一边敲锣一边唱新闻。这两种都发展成曲艺形式。海派戏有文明戏、独脚戏、趣剧、隔壁戏、苏州滩簧、宁波滩簧（也叫四明文戏，宁波古称"四明"）、申曲等很多种，再加上相声、滑稽大鼓、滑稽京剧，各剧种互有借鉴，织网般丰富了海派的文化。

比起其他剧种，上海滑稽戏兴起得相对较晚，主要用上海话并用滑稽的方式演剧，流行于苏、沪、浙一带，代表剧作有《七十二家房客》《三毛学生意》等，连唱带做，擅长表达南方人民的生活细节。除了上海，苏州、无锡、常州、杭州都有滑稽戏和职业剧团，貌似西方中世纪的世俗剧、文艺复兴后的闹剧。但滑稽是种高超的表演艺术，而不是快餐文化，也不是日本自我丑化的谐星和西洋马戏团中的小丑表演。它有一定的门槛，好的滑稽演员多才多艺，浑身是戏，要能学南方各地方言和地方戏曲。

民国时期，北京有京剧、八角鼓堂会，而南方有滑稽堂会，由滑稽戏与魔术、苏滩、申曲等共同演出，《申报》上登满了此类堂会的广告，又有徐卓呆这样的文人来编戏，有众多私营电台从早到晚播放。

新中国成立以来，《七十二家房客》《满意不满意》《小小得月楼》《三毛学生意》等喜剧电影，都由滑稽戏改编。直至改革开放，滑稽对各种曲艺表演仍有很大影响，如20世纪80年代的小品、周立波的海派清口（周立波是严顺开的学生），并影响当下的脱口秀。

记得1997年，我在北京刚上初中，学校还组织看苏州滑稽剧团的儿童滑稽戏《一二三，起步走》。当时，滑稽戏尚能作为一大剧种在全国巡演。而近些年，滑稽戏日渐衰落，连有滑稽风格的喜剧也日益减少。在上海，甚至在千年古城苏州，不少当地年轻人也不知滑稽戏为何物了。

知名滑稽艺人毛猛达曾在采访中说："三个剧团加起来，没有一个在职的编剧，没有一个在职的导演，一个也没有。没有一个人才培养机制，最最重要的是，没有市场。"

二

哲学家柏格森说："一个滑稽人物的滑稽程度一般地正好与他忘掉自己的程度相等。滑稽是无意识的。""滑稽正是产生于当社会和个人摆脱了保存自己的操心，而开始把自己当作艺术品的那一刻。"滑稽演员有时候像提线木偶，观众似乎在享受他们被上帝之手提线戏耍的快乐，有时候，人们会想起自己也是木偶之一。

博大精深的上海滑稽戏如何沦落得没人看？咱就来看一段滑稽戏：杨华生的独脚戏《宁波空城计》。

甲：(唱)岳奴正在城楼观山景，耳朵边听见城外乱纷纷，旌旗招展空翻影，却原来司马老爷……（无限制地拖长音，

　　　　　　　　　　　　　　声色野记

一直到似乎断气为止。）

　　乙：啊！断气了！去了！我马上抢救！替他打气，（作打气状）接氧气。

　　甲：（一口气回上来，接唱）呀……

　　乙：总算一口气回来了。

　　甲：（接唱）发来的兵，一来是马谡无谋唔没才能，二来是将相不和失守岳奴街亭，连夺三城侬柴泡春，我相相唔奴面孔雪白，良心赤黑，为啥事体还要那岳西城和总抢干净。诸葛亮在城楼把驾等，等候唔奴司马来到，阿拉搭侬两家头吃吃老酒谈谈心。西城唔没别个花样景，岳老早就呕人买好：年糕、粽子、咸菜、豆瓣、咸蟹、虾酱、小黄鱼、龙头烤、海菜古、韭菜芽、黄泥螺、臭冬瓜……

　　乙：（打断）喂！诸葛亮在自由市场做小生意呀！

就算听不懂，也能乐出来。

先区分一下逗人发笑活动中的滑稽、幽默与恶搞。中国人的逗笑，多滑稽，无幽默，少恶搞。我们并非不懂笑，东汉的击鼓说唱俑，后宫中的弄臣俳优，戏曲中多有诙谐和插科打诨的丑角，这都是滑稽表演。文人中也不乏滑稽联话、滑稽小说、××滑稽诗文集等，中国历史上改朝换代、天灾人祸，加上政治上的严酷统治，百姓生活十分疾苦，文艺生活贫乏单一，短平快的滑稽表演便越发受大众欢迎。幽默（Humor）是我们缺少的一种气质，它进入中国不过百年。它始终与逻辑和智慧有关，更倾向于讽刺与揶揄。

滑稽有语言谐音、巧合、重复、东拉西扯、歪讲纠缠、生搬硬套等技法，更看重演员的表演功力，演员有临场发挥的空间，而少有网络段子中特别雷人、冷的、无厘头的恶搞。滑稽戏题材有限，多适合演市井小人物，而表现帝王将相、才子佳人就有些先天不足，很多热爱《魔戒》《哈利·波特》的人不一定喜欢滑稽戏。

既然滑稽擅长展现生活故事，那就要有生活作为创作来源。《宁波空城计》中数的菜名都是寻常人家的日常小菜，正是建立在浓缩地方生活的基础上。现代化使得大家生活日渐趋同，我们失去了对日常生活的敏感，也远离了俗世中的笑点和趣味，而是一味追求无逻辑、毒舌、贫嘴的刺激以换取炸点般的爆笑，如周星驰《大话西游》：

> 人和妖精都是妈生的，不同的是，人是人他妈生的，妖是妖他妈生的，如果妖有一颗仁慈的心，那他就不再是妖，是人妖。

二人转节目中经常见到先上来个演员，伸手转飞起一个大手绢，又伸手拉开裤子的松紧带，一下子手绢飞到裤裆里了。不一会儿，后面上个演员说："你飞个手绢算什么？有本事你飞把菜刀。"

我们需要"直给"的，需要三十秒一个大包袱的"喜剧"。观众在剧场内对笑的需要如同食道癌晚期的病人要灌鸡汤一样灌笑话，否则乐不起来。

2000 年前后，电脑逐渐普及，除了带来网络文学，还带火了周星驰的电影，很快，无厘头成为人们的一种表达方式。如今，点开手机能看到最新的网络段子和鬼畜视频，更迅捷、直接和立体化。如这样的搞笑视频：两对男女狭路相逢，男男决斗时，忽然同时把对方女友暴打了一顿。下一场，俩男的共同欢庆，原来他们是通过互殴女友来报复其平日的"虐待"。这种视频没意义也没意思，但却有矛盾冲突、意想不到、剧情反转等诸多元素，会吸引人看下去。短视频是免费的，在观众厌烦的一秒之内会跳出更多的视频做备选。我们追求新、奇、快，要将喜剧立转为身体快感。传播最火的不一定是笑话，还有"快手"中的神功。一味只追求搞笑就像抽大烟，瘾越来越大，少抽点儿都不行，戒不掉。我们的滑稽不刺激，当不了大烟枪，只好留着当非遗了。

三

从来没有哪个时代像当下一样需要笑声。滑稽戏不滑稽，喜剧不喜，相声不逗笑，这是天下最有喜感、最逗笑、最滑稽的事。

我曾多次在中原农村看野台子戏，身边的观众穿着蓝工作服叼着烟袋杆，满脑袋白头发楂儿，女人们奶着孩子打着毛衣，但他们绝不是礼貌性地鼓掌，更不是文青观众那般谁嗓门大就给谁叫好，他们都懂戏。不论评戏还是梆子，台上台下随时互动，且笑且哭。就在那老戏台下的满地烟头和瓜子皮中，我坚信没有不懂戏的观众，只有故步自封的演员。

滑稽喜剧首先要笑起来，再要笑得技术起来，艺术起来。不好笑是演员的功力不够，外加编剧脱离了生活。想要观众笑就笑，想要观众哭就哭，这是演员的基本功，否则谈不上塑造人物。在容易笑的 80 年代，不少相声难听得令人想笑却笑不出来。这不是体制禁锢了演员，而是演员自身禁锢了自己。民国时期同样有禁演公约，如不准唱猥亵词句及表演；不准有骂人之词句；不准唱哭调；不准演唱当局已经禁止之词调及表演（如"仿毛毛雨""桃花江调"及"草裙舞"等），但照样是滑稽喜剧的黄金时期。那时有现代电影第一"巨人"的殷秀岑，他以胖来表演喜剧，体重近三百斤。他与瘦如猴儿的韩兰根搭档，均为民国时期知名的滑稽影星。

理想中的喜剧，是看脚本微笑，而现场演出时大笑，在笑过之后，越琢磨越可乐，没事时把剧情心里过一遍，能一人笑疼肚子。20世纪60年代有个老电影叫《粮食》，有这样的台词：

四和尚（汉奸）：报告太君，（炮）楼下来了很多八路，您要不下去看看？

翻译官：混蛋！八路来了你让太君下去，你什么意思？

翻译官的意思是，太君号称围剿八路，但你明明知道太君怕八路还让他去送死，你的良心大大地坏了。这么两句，写出了外强中干的日本人，媚上欺下、圆滑透骨的翻译官，跪舔日军的汉奸，以及他们之间的关系。在题材和时代的限制下，艺术家能如此运用喜剧技法，值得我们反思。

喜剧比悲剧难写，喜剧表现的是人间的故事，要把人世看透又不失天真，表现技法不多但又不能让观众觉得重复。喜剧的手法，多是误会、错位等，从电影《五朵金花》乃至《泰囧》，都没离开这几个技法。技法背后有不同的意义。《五朵金花》是用于宣传，而《泰囧》几乎没意义。观众宁可看无意义的，也不看宣传的。即便是开心麻花一系列喜剧电影用的梗太老，少有突破，观众也爱看。喜剧的梗宁用一百年前的，也别用三十年前的。

观众欣赏印度宝莱坞的喜剧片，并非因为印度人比我们更滑稽，而是他们的影片更生活、更人性化。我相信，总有人喜欢开心地坐在剧场里，欣赏文化沉淀下的喜剧艺术。不管是在哪里，都会有当地文化韵味的笑声。

四

我们得到笑声越容易，这种笑声也就越廉价。如电视相声小品和综艺节目中的配音笑声，那种笑声充满机械味儿，最廉价，最没意思。而当年梁左、王朔、英达、英壮等创作的情景喜剧《我爱我家》呈现的是现场观众真实的笑。

而回过头来，我又想起了从不制造廉价笑声的严顺开。

严顺开表演的阿Q始终追求喜剧的民族化，电影、话剧都是外国传来的，但他的阿Q是最中国化的。阿Q是浓缩的乡村小民的形象，有滑稽的一面，但鲁迅先生生前最怕把阿Q故事拍成滑稽戏。小说《阿Q正传》是又逗又损的喜剧，电影《阿Q正传》是滑稽与喜剧因素于名著的一次成功运用（影片中吴妈的扮演者为滑稽戏名家绿杨女士）。名著最能给后人更多的发挥空间。侯宝林、马三立是大师，陈佩斯、朱时茂也是一代名家，我们琢磨他们的作品，始终是笑过之后感到有内涵。而严顺开演阿 Q 能笑出来，但凡好的喜剧，内涵无不是悲凉的。

经典是需要每代人都去诠释的，正是一代人对经典的理解反映了时代的特点。

曲终：合肥张家四姐妹之张充和

2015 年 6 月，民国才女、"合肥张家四姐妹"的最后一位张充和女士去世了，于是有人感叹，那个时代彻底远去了，中国再也出不了世家名媛了。如今，对张氏姐妹总是用"最后的闺秀"来称呼，其实所谓"闺秀"并不准确，因为闺秀专指儒家治国时代不出闺门的恬静女子，而张家四姐妹都是走出家门读书闯天下的新女性。

一

　　"'最后的闺秀'这个称谓来自张家二姐允和的回忆录，那是为了出书费尽心思想出来的名字，请大家不要当真看待！但这样形容合肥张家四姐妹有些不恰当。"这是昆曲教育家张卫东先生特意对我说的。张卫东先生曾受教于张家二姐张允和，在张家四位姐妹中，张先生只与张兆和不大熟识，因为张兆和中年后就不怎么接触昆曲。

　　其实，这四姐妹都不是所谓的三从四德的旧式女性，而是走出家门的时代新女性。从五四运动到国民政府定都南京，南方风气以开化著称。身居苏州的张家自然受到新潮的洗礼。张家四姐妹最亲近的老师是胡适，这位新文化领袖给了她们不少的西化影响。张充和数学零分进北京大学全靠胡适的破格力争；张兆和与沈从文的爱情，与胡适的撮合有关，不然张兆和很难接受沈从文的追求（沈从文当时是张兆和的老师，一封封情书已闹得满城风雨，两人的家世也相去甚远）。

除了张兆和的婚姻，其他三个姐妹也都是自由恋爱，不管家里如何阻挠，她们的恋情都船到彼岸，走向了婚姻。大姐张元和下嫁昆曲演员顾传玠，二姐张允和与"八字不合"的周有光相恋，且在一个不吉利的日子结婚，四妹张充和三十四岁才成大礼，嫁给了一个外国人，这在那个看重门第的年代都是能上头条的事。

张家的姐妹是新潮的，但并不特别西化，不西化不是因为保守，而是因为国学底子足够丰厚，她们的言谈举止都是中国式的。四姐妹都没有出洋留学，在西化和传统的影响下保持着古时君子的中庸之道。再者，她们都没有嫁给官宦巨贾。

二

四姐妹的父亲张冀牗生于 1889 年，于 1913 年举家迁往上海，1917 年搬到苏州，并于 1921 年变卖部分家产，创办了著名的"乐益女子中学"。这是清末一个家族的巨大变迁，是改变家庭模式与思维方式的大事。

但凡旧式的家庭，多是受传统"君君、臣臣、父父、子子""齐家、治国、平天下"的影响，聚族而居，以整个家族为业，多方经营家庭，注重门第与长幼尊卑，鲜有什么平等、博爱的观念，家里人口多，是非也多。当时逊清的遗老遗少、居京的王公贝勒不论多么落魄，大都还保持着清朝的生活方式。而新式的家庭多是大家族的一个支脉，不大重视传统礼教的约束。张冀牖搬家是单立门户，他想的是宣扬民主与科学、男女平权，塑造时代的"新人"，改变中国人愚昧落后的精神面貌，与鲁迅、周作人等宣扬的思想不谋而合。

民国时期很多私人办学都不盈利，纯靠学费，收入无法运转，张冀牖不顾族人的反对，一次次地变卖家产，前后投入达25万以上，终因操劳过度，四十九岁便去世。他自己工诗文，喜昆曲，能吹笛；一生洁身自好，不纳妾、不吸烟、不打牌；与社会名流交往深厚，曾聘张闻天、侯绍裘、叶圣陶、匡亚明等人做教师。他的五子张寰和曾经说，父亲从来不跟孩子们讲祖上是淮军将领的往事，家里也不供祖宗牌位，好像故意和古代分割开。可他还遵循着很多传统文人的言行：他喜欢藏书，曾经到上海的旧书店挨家地买，买完一家，把书抬到第二家，再抬到第三家；

他注重孝道，他的母亲曾因治病而抽鸦片，在戒烟时很痛苦，张冀牖带着张元和跪在母亲面前，求母亲甭戒了，太受罪。

生在这样的家庭，身处这样的时代，张家四姐妹既新潮又传统。她们读私塾又上新式学堂，脱离家庭却并没有参加革命，身居海外而不忘记传统。她们求学时，新式教育已经发展起来了，而旧式的私塾教育还没有衰退。张父的教育理念是中学为体、西学为用，张充和与傅汉思倒是真正将中西合璧运用得最为恰当的一对。

如今很多民国老课本再版，使得我们看到新式教育与旧式教育是完全不同的两套体系。旧式教育中，读书人大多学四书五经，为的是日后的科举；而普通劳动者大多学《三字经》《百家姓》《千字文》《千家诗》等，能识文断字、粗通文墨就行了。新式教育中，虽然对数理、科技、社会常识有所加强，但教的多是"小猫叫、小狗跳""蜗牛爬墙"的白话文，文言文仅是选本，在古典诗文、传统文化上是有所欠缺的。当时有些旧派的人士一看学校教这些，就将孩子领回家读私塾去了。旧式教育体制下的学生，考大学难免会出现数学零分的结果，但并不影响张充和以及朱自清、罗家伦、钱锺书、康白情、臧克家、吴晗他们成才。这两种教育模式培养出的学生在思想意识、文化修养上往往不同，这是我们对现代文学的评价千差万别的原因。举个例子，民国时期文学翻译的成就很大，多是因翻译家的旧学根底深厚；现今仍然被读者喜爱的现代作家中，鲁迅、周作人、老舍、钱锺书、丰子恺、汪曾祺等，大多是受过较为系统的旧学教育的；而很多流行一时的革命派作家却渐渐淡去，他们多缺少旧学修养，要么是没赶上，要么太早投身革命了。

张家姐妹中，传统修养最好的是张充和，而受旧式教育最多的也是她。她曾被过继给二房的奶奶当孙女。养祖母是大家闺秀的典范，请吴昌硕的高足朱谟钦为张充和的塾师，还请了位姓左的举人教她填词。张充和四岁能背诗，六岁识字，熟读《左传》《诗经》《史记》《汉书》等典籍。而她直至十六岁以后，养祖母逝世，才回到父亲身边，到父亲创办的乐益女校上学。幼时的传统教育伴随她一生，同样，在新思想影响下，张充和社交能力很强，广泛结交文艺界人士；她做过编辑，虽然家中并不拮据，却要追求自己的事业。章士钊曾把她誉为蔡文姬，而焦菊隐誉她为"当代的李清照"。

三

除了琴、棋、书、画，最能表现张充和传统修养的是自清末就已渐衰微的昆曲。

1949 年后，张家四姐妹中，张允和与张兆和留在大陆，张元和去了台湾，而张充和到了海外。半个多世纪以来，张充和在国外传播昆曲以及书法，功不可没，与其相濡以沫的傅汉思也对昆曲情有独钟。刚到美国时，他们就把中国的艺术才情传递给学生，开设昆曲、书法等选修课程。有一位对中国文化情有独钟的教授宣立敦，就是经他们的培养走向古典汉学之路的，目前美国汉学的基础学科多是他们那时创建的。张充和的四个弟子，在促成昆曲被联合国教科文组织列为"人类口头和非物质遗产代表作"一事上立下了汗马功劳。

1986 年，张充和与傅汉思以及大姐张元和一同到北京，他们参加了"汤显祖逝世 370 周年"举行的纪念演出，这次大规模的演出由北京昆曲研习社举办，在全国政协礼堂举行。那一次，张元和与张充和粉墨登场，张允和担当报幕，傅汉思教授在曲会团拜上讲话，只有张兆和没有上台。这个场面在民间举办，很是体面，亲历现场的张卫东先生回忆起来，依然是兴致勃勃。

而今看来整场演出全是非遗的经典，堪称"大师版"的演出！开场是七十四岁周铨庵主演的《牡丹亭·学堂》，由七十二岁北昆名宿马祥麟配演杜丽娘；而后，便是张家姐妹的《游园惊梦》，七十二岁的张充和演杜丽娘，七十八岁的张元和演小生柳梦梅，年逾古稀的文博大家朱家溍配演大花神，全场表演依古从古，老腔老调，观众也都是满头白发策杖而来的老人，八十六岁的曲家王西徵、潘郁彬夫妇也到场祝贺。

演出结束后，大家对张充和的表演赞叹不已，她饰演的杜丽娘既端庄又含春，与大姐元和饰演的柳梦梅会面时，情景交融，天衣无缝。已故昆曲名家、"世字辈"的大师姐朱世藕说，张充和的两只手自始至终只露出水袖四个指头，这种闺门旦^①的表演她已经几十年没有见过了。

张充和的书法很像元代倪瓒的风格，楷书工整扁平，隶书虽不多写却很潇洒。她写小字最为擅长，这是因抄录曲谱而对书法饶有兴趣。目前，坊间对她的昆曲曲谱抄本估价很高，已有刊印本用于流传。美国昆曲社的社长陈安娜女士曾说："张老师每天依然临帖写字，这已经是她生活的一部分了。"一位百岁老人依旧临帖写字，实在是不可思议的事。

书法与昆曲都不是一朝一夕就能了解透的。如今，我们还可以从张充和的百岁录像中看她唱曲的情形，已然完全发自内心，不考虑有无听者，好似神仙一样自得其乐。

张充和的典雅仪态是随着家庭教育以及社会时代变迁而形成的，她并不知道什么是最后的闺秀，也不知道什么样子就是大家认可的闺秀，但幼年的儒家教育是她终生难忘的生活轨迹，唱昆曲、临字帖是她生活的一部分。她的后半生虽在大洋彼岸，但所喜好的艺术与学问距离我们并不远。

---

① 昆曲中的"五旦"，演绎未出闺阁的大家闺秀，手势与众不同，古法表演都是不把五根手指全露出来，无论怎样做动作，都只露三四根，即便整只手出水袖，也不能直摊开五根手指，十分讲究。

仇杀：血亲复仇者

　　游逛香山植物园时，能在卧佛寺前看到孙传芳之墓。他的墓是佛塔状，寓意墓主人百年之后的自我保佑。墓主人从前是浙、闽、苏、皖、赣五省联军总司令，后来是居士林的副林长。而杀死他的人，从前是大小姐，后来是女侠——施剑翘。

　　1925 年，孙传芳将施剑翘之父施从滨俘虏，砍头于安徽蚌埠车站，示众三天；1935 年 11 月 13 日星期三，施剑翘枪杀正在诵经的孙传芳于天津居士林佛堂。这是民国奇案之一，已被多次讲述。而我想关注的是，这次长达十年的复仇中施剑翘的心路历程，是什么思想观念使得她女子报仇十年不晚。

一

　　施剑翘的父亲施从滨为奉系军阀张宗昌手下的一位军长。军阀混战中，孙传芳曾三次通电报招其归顺，收到的是施从滨更加猛烈的迎头痛击。在蚌埠地区作战中，施从滨遭孙传芳部谢鸿勋俘虏。北洋军阀混战时期，各方势力有不杀俘虏的习惯，而孙传芳对施从滨恨之入骨，用古代残忍的方式将其砍头并示众三日，还命人在白布上写上红字："新任安徽督办施从滨之头。"那一年是 1925 年，施剑翘还叫施谷兰，刚满二十岁，正缠着足在天津师范学校读书。在接下来的十年中，她经历了求人失败、嫁人失败、生育两个儿子并与丈夫分手，手术放足，改名立志，策划谋杀等一次次的淬火重生。一个弱女子从二十岁到三十岁，不惜一切代价，只为复仇。

施家并非等闲，为复仇，施谷兰先求后来成为抗日名将的堂兄施中诚，却遭到拒绝。几年后，她认识了时任山西军阀阎锡山部谍报股长的施靖公，后者以复仇为许诺向她求婚，她则以身相许，嫁到太原，却发现其承诺不过是张空头支票。这期间，她生育了两个儿子。1935年，施谷兰忍无可忍，毅然带两个儿子返回娘家，后改名施剑翘，立志复仇，从此与丈夫再未见面。

施剑翘打听到孙传芳下台并成为天津居士林的副林长，每周三、周六下午去念经。她化名董惠，打扮成普通信众，经常通过各种途径了解孙传芳的行踪，同时她准备了一身能装下手枪和宣传用品的宽大袍服，并用勃朗宁手枪练习射击。

1935年11月13日是天津居士林讲经的日子，孙传芳原定是上午出席，施剑翘早早到了佛堂，等了许久也没见仇人出现，后来得知因下雨，讲经改在了下午。下午，她见孙传芳出现，便回到英租界的家中取来手枪。法会开始了，孙传芳跪下诵经，施剑翘把手枪揣入兜中，先是跪在后面，然后找借口悄悄跪到孙传芳背后，趁人不注意时，起身向孙传芳连开三枪，随后大喊，令众人不要惊慌，表明不伤害大家也不逃跑。她掏出随身携带的传单撒向空中：

各位先生注意：

一、今天施剑翘（原名谷兰）打死孙传芳，是为先父施从滨报仇。

二、详细情形请看我的告国人书。

三、大仇已报，我即向法院自首。

四、血溅佛堂，惊骇各位，谨以至诚向居士林及各位先生表示歉意。

复仇女 施剑翘谨启（手印）

现代的法律观念、大家庭的传统教育加上师范学校的现代教育，培养了施剑翘的知性与理性，否则她不会向法院自首并让舆论为自己说话。在法庭上，她没有强调个人恩怨，而是把血亲问题上升到正义与法律层面。她讲完复仇经过，说："父亲如果战死在两军阵前，我不能拿孙传芳做仇人。他残杀俘虏，死后悬头，我才与他不共戴天。"她定义孙传芳是好战嗜杀之人，她利用人民对军阀的痛恨，把仇家置于不义之地；另一方面，她把复仇定义为伦理与道德所需。她用文学作为武器，为自己增添了几分悲壮。在对媒体的宣传中，她表达出对母亲和家人的担忧，还表明自己在狱中教狱友学诗词，一再树立自己的正面形象，进一步表达出，孙传芳杀她父亲，是杀俘，违反了战争法和战争道德，而她的复仇，既是为父报仇，又是替天行道。

在施剑翘自首、入狱后，施家人一直设法营救。他们找到故旧冯玉祥，冯玉祥联合国民党元老于右任、李烈钧、张继等人联名上书国民政府，要替施剑翘减刑。是时，孙传芳的故旧也对其进行公祭，并有不少名士认为人情和法律是两回事，若轻判施剑翘会鼓励仇杀行为。但民众的导向显而易见。施剑翘的故事很快被改编成小说、戏剧，无不突出其孝女、侠女的形象，甚至直接叫《孝女复仇记》。最终，法庭认为："施从滨之死，非司与法，亦可灼见。被告痛父惨死，含冤莫伸，预立遗嘱，舍身杀仇，以纯孝之心理发而为壮烈之行为，核其情状，实堪悯恕。"先是将施剑翘判刑十年，后最高法院决定判处其七年徒刑。

在整个判决中，施剑翘十分认可自己的"自首"行为，但公诉方不予采纳。公诉方认为，自首是犯罪在未被发现的情况下才成立，而施剑翘是在公共场合犯罪，仅仅是没逃走。施剑翘为此曾上诉至南京最高法院，但被驳回。她愿意认罪但不愿伏法，推测她个人的主张，兴许她认为自己理应轻判，因为理由充足。而实际如她所愿，施剑翘在狱中服刑 9 个月零 26 天后回到家中，原判的七年刑期并未执行，她被特赦了。

孙传芳晚年念佛被认为是军阀下野后装装样子，即便他真心悔过，他也无法在舆论上翻身。直至 1988 年，仍有电影《女刺客》以施剑翘为原型，这两年还报道姜文要拍《施剑翘传》，尚不知何日上映。

二

施剑翘事件古来多矣，中西方历史上都不乏复仇的故事。往往复仇不是为了个人，而是为了家族、父母、亲友、恩人，可概括为为血亲。而此事件是发生在近代的中国，先是发生了一起传统的斩首示众，又在十年后发生了古典式的血亲复仇，在复仇这件事上，施剑翘既是舞台中央的主演，又是幕后的总导演。

在长达十年的心路历程中，施剑翘心中始终没偏离一个词：正义。正义，在古代可理解为一个动宾短语："正其义也。"正义是个名词，也是一个漫长的过程——扭正这件事的意义。如果父母被杀，则自己身为罪人之后，名不正，言不顺。杀掉仇家不仅是消灭对方的肉体，也是证明亡故血亲的清白。在古代那个名节、荣誉胜过生命的年代，复仇之火绝不会轻易熄灭，即施剑翘承认自己犯法了，但又坚持是在替天行道而绝不是作恶，甚至认为旁观者也会持此观念。复仇者不希望人人都经历如此的遭遇，他会意识到，自己作为一个人物，要为社会做表率，尤其是施剑翘这样出身的人。她能复仇成功，也是因出身于军人家庭，作风剽悍且有手枪。血亲复仇者始终有正义的一面，复仇之路就是正义之路，这在中国人的思维中形成了定式。

如果犯罪发生了，复仇也发生了，那么我们判断的标准将是正义，而不是干巴巴的条文。在中国人看来，合情合理的孝道意味着正义。当时否定施剑翘的人，即便判定施剑翘是封建社会的愚忠愚孝，否定尽孝的合法性，却不能否定合情与合理性。儒家主张以孝治天下，以德服人，而法律始终有它天生的局限性。条文规定越来越细致，但始终不能杜绝人钻空子。

施剑翘的轻判和特赦，完全符合民国时期的法律准则。轻判是因为施从滨之死没有经过法律审判，且施剑翘的杀人出于遇见仇人时一时激愤，而获得特赦是因为《中华民国训政时期约法》中有法可循。法律所能做的，只是框架内最大化的正义，而不是本质上绝对的正义。

三

《礼记·檀弓》中记载，子夏向孔子请教如何看待父母之仇。孔子说，枕着盾牌睡在草席上，和仇人不共戴天；在街市上遇到了，没带兵器也要与之搏斗。有关血亲复仇，较集中的讨论是唐代柳宗元对陈子昂的反驳。陈子昂作《复仇议状》，说有个叫徐元庆的人，他父亲被县吏赵师韫杀掉了，他就去杀了赵师韫。杀人当偿命，为父报仇是尽孝，应判徐元庆死刑，再为他树碑立传。一百多年后，柳宗元作《驳复仇议》予以反驳，认为："且夫不忘仇，孝也；不爱死，义也。元庆能不越于礼，服孝死义，是必达理而闻道者也。"凡是能符合礼义行为就值得鼓励，因为古代法律是根据礼义来制定的。

血亲复仇充满了先秦时的史书，但每个故事都各不相同。《赵氏孤儿》强调的是为了保存孤儿，孤儿的母亲、守门将军韩厥、程婴的独子、晋国大夫公孙杵臼等人先后自杀或被杀。奸臣屠岸贾甚至下令杀光全国一月以上、半岁以下的孤儿，程婴还要忍辱负重二十载。如此多的人为孤儿而死，那么孤儿与生俱来的使命就是复仇。《吴越春秋》中，楚平王扣留忠臣伍奢并要挟其子伍尚、伍子胥前来，以杀掉伍氏一门，伍尚要追随父亲，而伍子胥不介意被天下人耻笑，坚持逃亡，投奔吴国，后来领兵攻入楚都，将楚平王鞭尸。复仇超越了对君主的忠诚，"没有君要臣死，臣不得不死"的观念。直至演义小说《薛家将》中，薛家将被杀，薛刚随即反了唐朝（武周）；《呼家将》中，呼延家族被害到番邦借兵复仇，在华夷之辨意识强烈的古代，尚没有被认为里通外国。古人看待孝道，不仅高于法律，甚至重于统治者；比起法律，古人不仅看重亲情，更重礼数。

从某种程度上说，人类文明不过是一种变相的血亲复仇史。这样看历史太过悲观，而更可悲的是血仇转化为经济赔偿，这是对人类生命的侮辱与贬低，使得人按照阶级有了相应的价格。人命可以附带经济赔偿，但不能赔了钱就不被追究刑责。有关命案，在中国现代仍然不允许私下赔钱了事，这也是血亲复仇流传至今日的影响与遗存吧。

血战：蒙古骑兵的最后荣耀

　　北京有两个八里桥，一是东边的东八里桥，一是西边的西八里桥。东八里桥距离通州八里，西八里桥距离北京城八里。西八里桥在北京广安门通往卢沟桥的路上，是一座平面的石板桥，处于马关营村，四周都是马关营的菜地，在1986年修建京石高速时拆了，但地名留存；东八里桥比西八里桥的名气要大得多，它坐落于通州区和朝阳区的交界，以前归通州，现在归朝阳。现在一提八里桥，主要指东八里桥。

　　要说这八里桥，得先说通惠河。通惠河是元代郭守敬主持挖建的一条漕运河道，名字是由元世祖忽必烈命名的。这条运河最早起自今昌平区白浮村的白浮泉，经瓮山泊（今昆明湖），至积水潭，然后从今鼓楼南万宁桥下流出，经东不压桥、北河沿、南河沿，过正义路东，向南行经船板胡同、北京站，出东便门，接闸河至通州入白河即今北运河。这样连接上京杭大运河，全长达82公里。后因战乱和山洪，且无人清理与维护，通惠河的上游都废弃了。现在说通惠河，一般都指从东便门大通桥至通州县城入北运河这段河道，全长20公里。过去这一段两岸皆是垂柳，每一步都是一处可观的美景。八里桥就是坐落在这通惠河上，与通州县城相距八里远的一座桥。

一

八里桥原名叫永通桥，民间有"永通桥，通南北，永通桥下过往的船只数不清"之说。八里的距离不是虚指，八里桥确实东距通州整整 8 华里，地铁八通线、京通快速路、京哈高速路都从八里桥边经过，每天人来车往，川流不息。当地传说八里桥是桥身长达八里，而且只有一个拱，运粮的船只成片地在桥前面落下桅杆，从桥拱中穿过，再竖起桅杆来。这是个太过夸张的说法，而漕运的壮观景象却是有案可稽的。

远远望去，这座全部由石头砌成的八里桥建于明正统十一年（1446 年），一共有三个拱券，中间高、两边低，中间的拱券能过大船。桥上有石栏板和望柱，柱子上雕满了石狮子，虽然不如卢沟桥的精致，但也十分可观。在桥下的东西两侧，南北两岸边，还各雕刻着一只镇水兽，这四只镇水兽也是雕刻精美，都是扭着脖子，看着桥下被污染的流水。整座桥、河岸、镇水兽和蓝天，一起构成一幅沧桑的古画。

在桥的南边，也就是河的南岸，偏东二百多米的堤岸上立着一座石碑。石碑足有五六米高，碑身上左边是满文，右边是汉文。这是雍正皇帝的御制石道碑，即雍正皇帝为了表示大清在此修建从京城到通州的道路，特意在此立碑纪念。早先，北京城内的道路基本上都是土路，修筑一条石头铺成的道路是很不容易的，因此尤其是在康熙、雍正、乾隆年间，凡是修了石头路，皇帝便立碑纪念。这座石碑外还建有一座黄琉璃瓦的碑亭，连里面的房梁上都画满了彩画，可惜在八国联军入侵时被烧毁，现在的亭子是 2005 年复建的。

早年间，这一带的风景十分美丽。通惠河边上杨柳依依，一片水乡美景，古老的石桥、石碑更添加了古韵。这里一直是通州郊区的踏青胜地。清代，统治者们定期要到位于河北遵化的清东陵去祭祀祖先，从北京城到遵化必然要经过这座桥。

这座古桥精美的雕刻和沧桑的历史，足以使人在它身边驻足片刻，想想当年在这座桥上发生的事情。

二

八里桥不仅是风景名胜，还是著名的古战场。这里地处交通要冲，战略上是兵家必争之地。历史上曾发生过一次大规模的中外战争。咸丰十年（1860年），第二次鸦片战争期间，在这一年的阳历九月二十一日，三万清军曾在这里与近万英法联军展开了一场血战。传说，英法联军在得知这里地名为八里桥时很是害怕。他们以为这座桥长达八里，他们想，如果中国军队封锁桥面的话，他们怎么可能冲过八里长的桥而到达对岸呢？其实这是笑谈。可八里桥之战的故事，远远不像历史教科书上所说的那么简单。

从咸丰六年（1856年）开始，因1840年间第一次鸦片战争，洋人还想继续争取扩大他们在中国的利益。在这期间，发生了"亚罗"号事件和"西林教案"。"亚罗"号本是一艘中国船，只是在香港英方登记注册过，广东水师曾在上面逮捕过一些海盗和涉嫌的水手；"西林教案"是法国天主教神父马赖非法潜入广西西林活动，于1856年2月在广西西林县被处死一案。同年，英国借口"亚罗"号事件进犯广州，挑起第二次鸦片战争。第二年，法国借口"西林教案"，与英军组成联军，侵略中国。1858年，英法联军的舰队在俄、美两国支持下攻陷大沽炮台。同年6月，清政府与俄、美、英、法四国代表分别签订了《天津条约》，11月又在上海签订中英、中法、中美通商章程。1859年，英、法、美借口换约，又派军舰北上至大沽口，蓄意挑衅，于6月25日突然炮轰大沽炮台，结果遭到了惨败。英法舰队在美舰的支援下狼狈败走。1860年2月，英、法两国政府分别再度任命额尔金和葛罗为全权代表，率领英军一万五千余人、法军约七千人，继续侵略中国。4月，英法联军占领舟山。5月、6月，英军占大连湾，法军占烟台，封锁了渤海湾，并以此作为进攻大沽炮台的基地。

大沽炮台地势险要，为兵家必争之地。若从正面直接进攻，在中国的重炮防守之下，英法联军难以攻破。于是，英法联军采取了先占领大沽周边地方，从侧面进攻的方式。结果清廷因大炮是固定在炮台上无法转动而遭到惨败。还有一些令人无奈的细节。大沽炮台一共分为五处炮台，英法联军仅仅攻占了侧翼的两座小炮台，另外三座主炮台就投降了。英法联军觉得奇怪，就问被俘的清兵，结果竟然是因为清朝的将领阵亡了，若要继续指挥，必须要等朝廷任命新的指挥官，否则越权就是死罪，无人敢继续指挥战争，只能投降了。

大沽炮台失守后，清政府与英法联军在通州展开谈判，结果谈判无果。当时清政府自认为仍旧是天朝大国，英法等国不外乎是它的藩属国而已，就下令扣押了英方以巴夏礼为首的谈判人员共 39 人。巴夏礼是个中国通，在英法联军中做翻译。联军见谈判破裂，就继续进攻，不久便攻下了天津、通州，清军退守在八里桥一带。1860 年 9 月 21 日，即农历八月初七，这一天的凌晨四时，英法侵略军以 6000 人的兵力，在炮火掩护下，自通州郭家坟分三路向八里桥、咸户庄一线猛扑。这时英法联军驻扎在八里桥的南边，清军在北面，双方隔着通惠河相望，战争的焦点就集中在争夺八里桥这座古桥上。上午七时许，英法联军分东、西、南三路对八里桥守军发起攻击。而中国一方的守将是当时清朝最精锐的部队——僧格林沁率领的蒙古铁骑。

蒙古骑兵曾经是世界上最强大的兵种，元代横扫欧洲，甚至在成吉思汗的继承者的率领下，打到多瑙河流域。他们的特点是速度很快，擅长用弯刀和弓箭，往往是在对方还没有弄清是怎么回事时，就把他们消灭了。而蒙古骑兵的弓箭十分了得，他们都能拉开硬弓，射出的箭可以直接穿透铠甲。清朝政府多年来实施满蒙联姻的政策，一直把蒙古铁骑、八旗军作为自己最强劲的军队。而这两支铁军却在这次八里桥之战中折戟。

三

　　冷兵器时代已经远去，过去最为强劲的部队转眼间就成为最落后的。在八里桥之战中，英法联军已经有了打击精确的大炮和比较原始的连发枪，法国士兵手中的步枪有效射程可达较远，还配备先进的火炮。而蒙古骑兵还处于依靠大刀、弓箭的阶段，所以说，这场战争成了英法联军对清军的大屠杀。清军并非没有火器。早在清初，八旗制度建立之初就建了火器营。当时火器营营房的驻地就在北京的西部，如今还留有火器营这个地名。可是，火器营使用的枪械是老式的火枪，先将火药装入枪管里，再装入大粒的铁砂子，然后用扦子从枪口往里捣紧，再点火开枪。这种枪一直作为打猎打鸟之用。用于打仗的话，一个人要是开了一枪，得跑到一边去装弹药。而清军最致命的一点是，他们有一个把火药绑在身上的习惯。从当时留下的老照片上来看，清军的火药要么斜肩背着，要么就像裤腰带一样缠在腰间。结果，英法联军只要开一炮，就可以达到火烧连营的效果。清军还没有打，自己就炸成一片了。后来，八国联军入侵北京时，老舍先生的父亲就是这样为国尽忠的。

　　从大的战略上来说，英法联军是进攻的一方，而清军是防守方，应在八里桥打阵地战。清军却在武器远不如对方的情况下全部出击。清军自动放弃了自己的阵地，根本没有利用自己在家门口打仗的优势，英法联军只要在八里桥头码上几门大炮，就什么都解决了。那些蒙古骑兵并没有像电影中那样冲入敌阵去大肆砍杀，甚至连跟英法联军短兵相接的机会都没有。根据史书的记载，冲到最前面的一个蒙古骑兵离英法联军还有五十米。他们的弓箭也没有发挥出任何作用。

在八里桥之战中，僧格林沁一直命令蒙古骑兵冲杀，他们用马刀和弓箭等武器，齐声呼喊杀敌。一部分骑兵一度冲到敌军指挥部附近。随后，由于南路法军第二旅将大炮炮弹倾泻在八里桥上，清军的伤亡更加惨重，把八里桥下通惠河的水都染红了。八里桥边仍旧是炮火遮天蔽日，八旗子弟视死如归，不断地冲过重重火力封锁的八里桥，桥上的将士倒下了，后面的将士又冲上来。八里桥的石栏板被炸得粉碎，许多石狮子也被炸毁，桥面上堆满了清军的尸体，始终没有人能靠近英法联军的部队去进行肉搏战。这场仗从早上七点打到了中午十一点就接近尾声了，英法联军发动反击，越过了八里桥，清军就一下子溃败了。

清军的溃败是一下子四处散开，根本不是有组织的撤退，但大量的清军还是向着北京城的方向撤了。英法联军也有相当数量的骑兵，就沿着朝阳路一路追赶。清军到了朝阳门后一拐

声色野记

弯沿着二环路逃向德胜门，那时德胜门北边还都是树林子和荒地，到了德胜门后，他们一下子就散开了。等英法联军追到德胜门，连个人影都看不到。联军本想攻打德胜门，直接拿下皇宫，抓住中国的皇帝，但发现德胜门城楼高大，防守严密，很难攻破。他们四处打听，误以为中国的皇帝在圆明园。当时天已经黑了，于是，英法联军兵分两路，英军驻扎在德胜门外，法军赶往圆明园。法军占领圆明园时，遭到了比较有效的抵抗：有几个太监拿着火枪，打死了几个法国骑兵。

几天后，英法联军在德胜门与清朝守军谈判，要求清军投降，并声称，如果清军不投降的话，他们就把大炮架在德胜门上直接把紫禁城轰了。其实英法联军的大炮再先进，也无法从德胜门上直接打到紫禁城，只是在吹牛而已。而被大炮打怕了的清军信以为真，一下子就投降了。在咸丰皇帝逃走后，他的兄弟恭亲王奕䜣出面和英法联军谈判。之后，英法联军分别有组织、有计划地洗劫了圆明园。

英法联军与清军谈判的一个主要的项目，就是要求放回巴夏礼一行人质。三日后，奕䜣在武力的逼迫下向英法联军交还了人质，39名人质生还的仅有18人。生还的人中就有巴夏礼，巴夏礼对着英法联军一顿诉苦，搬弄是非，结果英军统帅大怒，他们想，清朝皇帝最喜欢的东西就是圆明园，于是英法联军洗劫并火烧了圆明园。

四

八里桥之战是近代军队与古代军队的一次典型战役。英法联军经历过拿破仑战争，兵员是义务兵役制加职业军官团，装备的是配备刺刀的步枪和滑膛炮。清军仍旧是以冷兵器装备为主的步骑混合军队，与英法联军的差距不只是一点点。19世纪欧洲的近代军队在面对世界各地的封建王朝的军队作战时，大都是压倒性的胜利。八里桥之战中，三万多清军伤亡过半，而近万人的联军只有十二人阵亡。八里桥之战中，清军败了，曾经横扫亚欧大陆的蒙古骑兵不好使了。有一种说法是，骑兵作战只能向前冲锋，如果蒙古骑兵的人再多一点儿，英法联军就没子弹了，随后蒙古骑兵就可以冲入敌阵，一律屠杀。不过历史不能假设，败了就败了，完了也就完了，不能盼着敌人没有子弹而取胜。

法军统帅孟托班回国后被皇帝拿破仑三世封为"八里桥伯爵"，还当了参议员。法国皇帝还提议再给他年金五万法郎作为奖赏，但遭到了多数议员的反对。议员们认为，发生在八里桥的不过是"一场引人发笑的战斗"，说"在整个战役期间，我们只有十二个人被打死"，不值得再给他那么高的奖赏！

八里桥之战后，清政府将伤痕累累的八里桥修复，但仍不免遗留一些炮弹造成的创伤。直到民国二十七年（1938 年），民国政府修京通柏油路时，将桥两端垫土，降低了石桥的坡度。1949 年后，桥面被铺上了沥青。后来为保护古桥的历史风貌，减少洪水对桥的冲击，在桥南北两端开道引河，各建三洞水泥桥一座，用来泄洪分流，桥间以水泥构成分水泊岸。

到了 20 世纪 80 年代，这座古桥因年久失修，桥体变形，护栏板更是多处损毁。而在修建京唐高速公路和京通快速路时都避开八里桥，并将其划为古迹保护起来。2001 年，八里桥经过全面修复，将引桥伸长，在南北两端各加上石拱券以防洪水袭击，并修复了桥上的石狮子，只是桥下的通惠河污染严重，时常断流。

如今，留有英法联军洋枪洋炮弹痕的八里桥仍巍然横跨在古老的通惠河上，向人们诉说着当年的沧桑岁月。

忠烈：鼓王与"一门忠烈"

　　若论"鼓界大王"刘宝全的京韵大鼓，最为珍贵的是1941年卜万苍导演的电影版《宁武关·别母乱箭》，这是民国时期少见的京韵大鼓录像电影。刘宝全在开头有一段话白，行话叫作铺纲，即聊两句做个开场白，把曲目向观众做个介绍。

　　这次的铺纲除了感谢电影公司老板，更重要的是对《宁武关》的介绍：明末大将周玉吉的家在宁武关，他回家给母亲拜寿，得知宁武关被闯王打来了。周玉吉又要打仗又要拜寿，忠孝不能两全。这时，周玉吉拔剑掷在地上，夫人会意，拿剑自刎，小少爷（儿子）立刻一头碰死在台阶上，周玉吉上战场杀敌。太夫人（周母）得知后异常高兴，命人举火自焚。周玉吉奋力与闯王交战，被乱箭射死，最后连家里的老院公都投河而死了。

　　刘宝全对每个人的死都有说法。

　　周夫人自刎时："贤德的夫人会意，接过宝剑就自刎了……"

　　小少爷碰死时："站起来冲着忠良一跺脚，头碰石阶而亡，那么这一门忠烈，打这说起……"

　　太夫人死时："那个周母太夫人乐极了，贤母啊……"这时候，鼓王用扇子敲打了几下桌面，以表示着重和感叹，随后用周母的口吻说："那很好很好。"然后改为话白："命人用柴草把屋子圈起来，点着了，老太太这要宾天。"

说到老院公死时："老院公要随着老太太投河自尽，这才够这个一门忠烈的资格。"

鼓王上来解释一门忠烈的这段话韵味十足，后人是学不了的。在整个举家自杀的故事中，刘宝全重点是讲到这四个人自杀时都是持着肯定、赞扬的态度，并有着盖棺论定般的肯定：忠臣、孝子、贤妻、贤子、老夫人宾天……最后连扫地传话的老院公都要算上，所有人都死了的行为叫作一门忠烈！

一

　　《别母乱箭》这个故事是昆曲中的保留曲目，是《别母》《乱箭》二折，整部的名字叫《铁冠图》，是清代的传奇，已经不知作者名姓。全剧既有大量的身段，又有大段的唱腔，演起来难度很大。我看的是朱家溍先生的演出版，当时朱先生已七十四岁高龄，嗓音仍是高亢、洪亮，只是个别演员配合得稍有瑕疵。在昆曲中，老夫人得知夫人自刎，公子触阶而亡后，悲痛中说所的是"好哇，难得我家出此节妇贤孙"。京剧、川剧、湘剧、桂剧、秦腔、同州梆子、河北梆子、徽剧等都有这个剧目，大多是叫《宁武关》《别母乱箭》《一门忠烈》这样的剧名。京剧名家中早年谭鑫培、余叔岩和言菊朋都善演此剧。这部戏很早就没人演了，不仅是人们对一门忠烈的行为有争议，更重要的是周玉吉的征战对象是农民起义领袖李自成，镇压农民起义的罪名是谁都担当不起的。

清代弹词《天雨花》讲的也是一门忠烈的故事，就安上了一个神话般的尾巴。《天雨花》说的是明末之事，结局是主人公左维明举家殉国，他邀请了五姓姻亲，几大家族在襄江上泛舟，痛饮达旦后自溺而亡，最后被上天接引成仙去了。如此"大团圆"在今天的人看来，实在是自我安慰，但愿天上有仙人吧。

继续回来说刘宝全。且不说刘宝全的《大西厢》是如何俏皮婉约，《战长沙》是如何金戈铁马，仅仅是在《游武庙》中，那句"有一对狮子分为左右，唰啦啦空中有两杆杏黄旗"的行腔，就使人好像听到两杆杏黄旗在半空中飘荡发出的声音一样。旧式艺人传艺都是一句一句地教，没有什么唱词、歌谱，要唱好"娇滴滴轻声儿婉转唤丫鬟"，是唱出叫小丫鬟的感觉；而唱好"碧天云外，鸿雁高飞"是唱出鸿雁高飞的感觉。这是学"曲"的要诀。张卫东老师告诉我，（歌）曲者，（弯）曲也。唱得越"弯"，越是婉转曲折，就越是动听。唱曲要折一点儿，做人要宁折不弯，鼓王诠释得极好。都说演戏唱曲唱的是演员心目中理解的人物，鼓王心中的周玉吉是这样在大敌当前忠勇的周玉吉。

　　　　　　　　　　　　　　　　　　声色野记

究竟什么导致古人必须一门忠烈呢？

一门忠烈的要点不在于男主人公自杀殉国和夫人自杀殉情，而在于全家几十口、上百口主动跟着一起死，甚至是男主人公动手杀掉家人，是整个家族忠烈。一门忠烈指的既不是陆文龙的父亲陆登在城破后举剑自刎，夫人亦自杀的情况；而是崖山之战中，陆秀夫在背着小皇帝投海自尽前，先逼妻妾、儿女跳海之举。在《宁武关》中，夫人看到宝剑后就拾起来自刎，小少爷立刻触阶而亡，老夫人为此又悲又喜，悲的是一家人死绝，喜的是一门忠烈。而当他们死绝后，貌似与此事无关的老院公也投河自尽了。

一门忠烈之风是有历史承传的，最初被立为榜样的是东晋年间的名臣卞壶。卞壶在平定苏峻叛乱时身亡，他的两个儿子也是力战而死。这是历史上记载的关于他忠烈之举的事迹。而民间以为这样是不够的，还塑造了卞壶夫人、卞母自杀殉节的剧情，卞母已经九十多岁了，十分高兴家里能有这样的忠臣、孝子、节妇，自然也一同殉节。在这个故事里，焦点集中在女人身上。人们的眼睛不是盯着卞壶殉国，而是盯着卞夫人和九十多岁的卞母。

历史上，在政权更迭时，对于失势的一方采用"连坐"制。一旦男主人自尽，非但其夫人、子女无法独立谋生，还极有被俘、受虐的可能。由此想到历代的乐籍中屡有前朝官员家属被充作官妓的例子。清代禁止官员嫖妓，并在雍正年间废除了乐籍制度。而犯官女眷的下场则是"发配宁古塔与披甲人为奴"，还不如做官妓。如此看来，受辱的基点在于被抓。古人少有流亡海外的观念，明代又是个礼教森严的朝代，从朱元璋开始有后妃殉葬的制度，直到明英宗朱祁镇时才废止，这种情况在宗室中也时有发生。大臣、大将们确实不会做"范跑跑"。在跑不掉的情况下，也许举家自尽是唯一的选择。对明末的女人而言，既亡了国，又有可能失身，那还不如殉节。这种行为在古代多有发生。但凡改朝换代，都会有一大批臣民举家忠烈，以表明自己不事二主或受辱丧节。面对国家危亡、战争无可挽回的局面时，不论直接与间接，男主人杀掉全家，或全家自刎、上吊、投河、投井、赴火……这一切不是简单的打不过就集体自杀的行为，还包含了太多的古人忠烈观、家庭观、伦理道德等。《礼记·乐记》中云："圣人作，为父子君臣，以为纪纲。"这里没有说得很明确，唐代的孔颖达明确提出："三纲谓君为臣纲，父为子纲，夫为妻纲。"在三纲五常、忠君事主的思想下，殉节这等今人看似极端的事情，在古人看来却实属正常。古人认为，男人挣的是忠烈，女人挣的是贞节，这些都是人应该具有的品德，而一门忠烈是最高标准的行为规范，是要写入史书万古流芳的。

二

明末殉节的故事最多。可以参看由顾炎武的外甥、徐乾学的弟弟、徐元文的哥哥徐秉义所著的一部《明末忠烈纪实》，里面收录了因抗清而死的义士近三百人，书的目录就是按照殉豫、殉秦、殉楚、殉蜀、殉晋、殉江北、殉齐鲁、殉黔滇、殉豫章、殉畿辅、殉君、殉福、殉唐、殉鲁、殉桂、效死、违制、殉国、烈女诸传这样排列的。

崇祯皇帝的殉国，在历史上有着与陆秀夫背小皇帝跳海同等重要的意义，他为普天下的男人做出了与刘禅相反的榜样。在昆曲《煤山恨》中，演到崇祯皇帝殉国的片段时，早年间的演出有一个特技动作，就是演员甩发以发遮面，表明崇祯上吊无颜见列祖列宗。这个动作是一瞬间完成的，唰的一下，长发遮面，恐怖得能把孩子吓哭。而崇祯自尽时留下的遗言更是掷地有声：

> 朕凉德藐躬，上干天咎，然皆诸臣误朕。朕死无面目见祖宗，自去冠冕，以发覆面。任贼分裂，勿伤百姓一人。

这时，大半个江山还是姓朱的。在城破之际，崇祯皇帝杀掉后宫妃子和女儿以后，从神武门跑到景山上上吊，陪在他身边的是太监王承恩。此时，宫中的实景远比金庸的《碧血剑》中写的还要惨烈。崇祯皇帝有七个儿子，其中四个没活过四岁，三个失踪；有六个女儿，四个早逝，另两个是寿宁宫的长平公主和昭仁殿的昭仁公主，昭仁公主被他直接砍死，长平公主被砍掉左臂，昏迷了五天后醒来。

到此，崇祯皇帝家的女人"一门忠烈"的故事才刚刚开始。许多亲戚也在此刻争先恐后地追随皇帝殉节。泰昌皇帝朱常洛是崇祯的父亲，他的女儿乐安公主嫁给了宛平人巩永固。城陷之时公主已经自尽，巩永固把他们的五个孩子和公主的棺材绑在一起，说："此帝甥也，不可污贼手。"他放火把五个孩子都烧死了，自己也举剑自刎。不知这位驸马爷是否想过，烧死比抹脖子要痛苦许多，他自己选了一个较快的死法，给子女安排了一个稍慢的，也许极度的心痛让他想不到这些。

《明史》中类似的记载有很多。崇祯皇帝的生母是孝纯皇太后刘氏，她的父亲叫刘应元，她父亲的弟弟叫刘继祖，按辈分，刘继祖应是崇祯皇帝的外舅公。刘继祖有三个儿子，分别叫刘文炳、刘文照、刘文耀，也是崇祯皇帝的三个舅舅，他们相继投井而亡。这还不算，在城破之日，刘文照的母亲徐氏、刘文照的两个女儿、刘文炳的妻子王氏，一起朝着孝纯皇太后刘氏的遗像哭拜后自缢而死。刘继祖的原配董氏，妾左氏、李氏，都是跳入火中自焚而死。结合明史以及蔡石山先生的《明代的女人》来看，孝纯皇太后刘氏娘家总共殉国的外戚有四十二位之多。明代防外戚，不防宦官，公主往往下嫁平民，婆家亲戚都沾不上光，却落得灭门之祸。他们并不是宗室，不姓朱，女儿嫁到夫家是夫家的人，都可以隐姓逃亡的，而他们选择了与大明共存亡。

这类保全贞节的故事并不只是发生在公主的寝宫里。宫廷中有不少女官和"青霞女子"①，就是负责皇帝选妃子时的女性工作人员。青霞女子本不是宫里的人，大明的江山和她们没有血统关系，可以一走了之。可那一百多位青霞女子集中在屋子里，把门关死，一起自焚了。宫内的金水桥畔，宫外的筒子河边，上百名宫女一起投河自尽，宫里的水井也塞满了死尸。有一位幼小的费宫人，在投井后被叛军从井里勾出来，要被分配给军士为妻，末了被李自成送给了部将罗让。费宫人在新婚之夜一连数刀刺死了罗让，随后自刎而亡，她才十五岁。她的故事被改入昆曲《铁冠图·刺虎》，以梅兰芳最为擅长。

除了京城，各地的藩王中也有一些以身殉国，哪怕是远在云南的沐王府也无法逃脱。云南沙定洲叛乱，进入昆明城纵火抢掠。末代沐王沐天波跑了，太夫人陈氏和夫人焦氏等出逃不及，太夫人说自己是国公府里的夫人，绝不能被反贼污辱，于是举家自焚。末代蜀王朱至澍在张献忠攻破蜀王府时，率领所有妻妾投井殉难；晋王朱新㙼的封地在山西汾州，李自成军队快到时，他先是帮助妻子卢氏、妾薛氏、妾冯氏自尽，又帮才几岁大的小女儿上吊，之后给朝廷写了一封信，最后整理官袍乌纱，向北京的方向叩拜，叩拜母亲的遗像，随后上吊身亡。甚至到了康熙二十二年施琅收复台湾时，郑克塽降清，逃到台湾的明宁靖王朱术桂见大势已去，跟五位妃子诀别，五位妃子都自缢而亡。第二天，他把家中财物分送给邻居，把印绶交给郑克塽，穿上大明朝服向着大陆遥祭祖先，写下绝命诗词，末了悬梁自尽。整个"忠烈"的过程都是在部下的旁观中完成的，像举行一个隆重的仪式那样按部就班，没有战争时的慌乱。

三思起来，古人思维的出发点在于防患未然。女人殉节是防止被侮辱，不过，城破了不一定被侮辱，被侮辱了也不一定必须去死。究竟什么导致古人必须一门忠烈呢？有一个表面现象，是在政权更迭时，对于失势的一方往往是采用"连坐"制。对于明末的女人而言，"哀莫大于心死，而身死次之"，既亡了国，又有可能失身，在这种因噎废食的思维下，她们成了殉节的力主者。

再者，古人的主仆观念和我们的不同。古代很多老仆都是跟随主人家数十年，日夜朝夕相处，关系远比家人还亲。其中不少都是主人家救过的穷人，被安排在家里做仆人。仆人属于主人，没有独立的户籍和姓氏，就姓主人家的姓，男仆往往取个"来福""富贵"这样的名，而作为丫鬟的女仆，往往取"春梅""春香""秋香"这样的名字。仆人与主人家的情感是忠贞的，很多古典故事中，忠实的老仆为了主人家往往不惜性命，京剧中有四出义仆戏，其中有四位义仆最为知名：《走雪山》的曹福、《一捧雪》的莫成、《三娘教子》的薛保、《九更天》的马义。往往家里的少主人也和老仆有深厚的感情。比如主人家管得严，禁止孩子吃零食，老仆会偷偷给少主人买点儿吃的；少主人受罚，老仆会去讲情。既然仆人属于整个家庭，他们就难以逃脱"一门忠烈"的命运，就算能跑也不跑。

对于家眷自杀行为还有一种解释，家眷即拖累，在电影《赛德克·巴莱》中，女人集体自杀的直接原因，是为了让自己的丈夫、孩子无后顾之忧；进一步地讲，家眷的自杀行为会激励男主人奋勇杀敌，在《赛德克·巴莱》中，原住民是本着同归于尽的方式战斗的，《宁武关》中周玉吉的情况也是这样。可也有例外，在明正统年间，辽东广宁右卫指挥佥事赵忠镇守边关，蒙古人来进犯，赵忠的妻子左氏为了激励丈夫作战，和赵母以及三位女儿一起自杀，赵忠如果像周玉吉那样阵亡，也算可以理解。可是赵忠勇武爆发，一下子领兵击退了蒙古人，之后也没有自杀殉情，而是受到了朝廷的褒奖。家眷的死成全了他的功绩，这才真是鲜血换来的成果。

更无耻的事也有，反贼张士诚的女婿潘无绍在城破时逼着七位侍妾自缢，他自己随后却转身投敌做了贰臣。

男人设定一门忠烈的理论基础，女人设定了忠烈的制度并严格执行着。高级妓女柳如是亦如此。清兵兵临城下时，钱谦益答应了柳如是与其投水殉国，还在家乡常熟的尚湖请来亲朋故旧，搞了一场盛大的忠烈庆典，从早折腾到晚，最终他说出了千古名言："水太凉了。"倒是柳如是履约投入水中，幸好被人救起。这个故事见于据顾苓《河东君传》，是可考的。结果，柳如是没有死，钱谦益的"名言"还在世间流传，比如"头皮甚痒"。后来钱谦益剃发做官，被清史列入贰臣，背负千古骂名，乾隆皇帝最看不起他。

一门忠烈者肯定是走上绝路时才出此下下策。深究起来，众人行动时一般会有个牵头的人，余下的都是追随者。追随者可以分为两种情况：

1. 主动自杀的。

2. 经别人劝说而选择自杀的。"别人"不分男女老幼，往往是老母劝儿子，丈夫劝妻子、子女，以体现三纲五常。这时，无法区分自杀者自愿的比例多大。可能又有三种情况：

（1）自己想自杀，与对方不谋而合。

（2）自己没有主意，别人提得恰到好处，即不想自杀，但被环境裹挟着自杀了。

（3）自己不想自杀，但被人杀了，比如珍妃之死的种种说法。

在论述中，古人会自动过滤掉后两种被迫自杀的情况。在古人看来，被宣扬为一门忠烈的，必定是饱读诗书的书香门第，不论男女，他们都知道，在这种情况下，用自杀的来尽忠守节是应该的。

三

1939 年，在拍摄《宁武关》这部电影时，鼓王刘宝全七十岁，嗓音仍旧洪亮甜润，身段边式依旧，唱功表演炉火纯青。看他的面相，因谢顶格外显老态，面容慈祥而又坚定，想必他已理解了一门忠烈的含义，也把自己当成了忠烈之人。表演之前那一段话白，更是对一门忠烈最为精妙的注释。这个注释不是由士大夫而是由文化程度不高、社会地位连同为下九流的京剧演员都比不上的大鼓艺人做出的。

欣赏这段大鼓，我认为生于清代的刘宝全是认可一门忠烈这种行为的，因此，他才能演绎得如此出色。我不是曲艺行业的人，只是单凭自己的了解，刘宝全年轻时是个细高个儿，英俊潇洒，而晚年像个固执的老人。艺人固执一点儿是好的，连唱错了都不改，有助于传统艺术的承传。他相信自己没有能力把错的改对，只是为了承传，一旦改了，后人就更不知道什么是对的了。

有人说刘宝全抽大烟如何如何，实际上他最注重保护嗓子，甭说鸦片，他连烟卷都不会抽，连肉都少吃，到晚年还能保持着嗓音的清脆、圆润。他仿佛一直在等着卜万苍给他拍电影，特意要留下几个身段亲自来解说一下什么叫一门忠烈，怕别人解释得不清楚。随后，他亲自唱上一曲最表忠烈的《宁武关》。一曲歌罢，没几年他即撒手人寰。

---

① 参见蔡登山《明代的女人》第七章。

殉藩：六百年前荆州的惨烈往事

但凡是城，必然要有城墙，如今有完整城墙的地方可不多了，只剩下西安、南京、襄阳、荆州，再加上寿县、广武等小地方。荆州不是省会，却是个大大有名的地方，它在古代是"千里江陵一日还"的江陵，从四川白帝城的奉节县走水路到这里大约600公里，所谓千里江陵，朝发夕至。《水经注》中云："有时朝发白帝，暮到江陵，其间千二百里，虽乘奔御风，不以疾也。"完全是写实的。

要到荆州玩儿，会发现荆州遗存的文物古迹大多是明代的。那里有三大道观——太晖观、玄妙观、开元观，两大明墓——湘献王墓、辽简王墓，一大古塔——万寿宝塔（明朝第七代辽藩王朱宪㸅奉嫡母毛太妃之命为嘉靖皇帝祈寿而建）。有点儿与众不同的是，明代藩王墓大都依山而建，湘献王墓却建在太晖观西侧的平地上。1997年12月，该墓遭到盗墓者的破坏，幸好由于墓室内积水，淤泥较深，随葬器物未被盗走。 1998年，荆州博物馆对该墓进行了抢救性发掘，出土的随葬器物共计646件（套），可谓陪葬丰厚，规格高级。但奇怪的是，考古人员却未发现墓里有尸骨，而且随葬品中大多是明器，相当于衣冠冢……深入探究，就会发现荆州城的一段往事。

一

　　据史料记载，1399 年，大明王朝历史上发生了最为惊人的
一幕：建文帝的军队突然包围了位于荆州的湘献王朱柏的王府。
朱柏是朱元璋的第十二子，母亲是胡顺妃，他于八岁那年就受
封荆州，并于十四岁那年就藩，其王府就在今天荆州城内太晖
观的位置。王府被围，难道是因为朱柏犯了什么事？是的，罪
名可不小，乃皇帝之大忌，涉嫌"谋反"！

　　官军要抓捕朱柏到京城提审问罪，这可让他无法接受。据
解缙《碑文所记》，当时朱柏仰天长叹道："唉！我看到前世
大臣遇昏暴之朝遭遇坐牢或贬职之祸便自杀而死。我本太祖皇

帝之子，南面而王，太祖过世，他患病时我没有来得及去探视，下葬时也没有见上一面。心怀沉痛，活在世上有何快乐？今天难道又将受辱于奴婢之人吗？苟且求生，我不愿啊！"他与王府中人哭着告别以后，身披铠甲跨上战马，手执弓箭，围着王府绕行，纵火点燃了王府，然后骑马跃入火中，府里的人都纷纷随他蹈火自焚……一时间烈焰冲天，雕梁画栋连带香粉佳人一起火化成灰。他死时只有二十八岁，无子嗣，爵位自然无法世袭，连封地也被整个儿撤销了。

人死了，事儿还没完。建文帝竟又赐朱柏谥号为"戾"，是知过不改的意思，历史上汉武帝的太子刘据死于巫蛊之祸，谥号也为"戾"，可见不是个好字。到了永乐年间，朱棣为自己的弟弟朱柏平反昭雪，同时也为他改了谥号，叫汉献帝的"献"，是聪明睿哲、知质有圣的意思。这一前一后待遇反差之大，其间的世态炎凉，令人唏嘘！

明代文学家袁中道写了一首《湘城歌》来记述这件事，诗中写道："葳蕤自锁白雉城，身骑白马绕城行。焰尽珠楼还旧阁，灰埋乳燕与娇莺。"纵翻历史，这事儿虽不如明宫三大案那样被后人议论纷纷，也算是个划时代的标志。

湘献王墓出土的文物就印证了这段史实。考古人员在墓中发现了谥册 2 副，每副 2 块，形制、大小基本相同，分别放置于后室和后西耳室的木箱内。谥册用长方形木板制成，正面阴刻楷书文字，两面皆贴金箔。两副谥册皆为明成祖朱棣所赐，记载的就是成祖哀悼湘献王及王妃沉冤而死，为其平反昭雪，并赐以褒谥之事。另有一只木箱里放置着谥宝——用梨木做成，通体贴金箔，印作方形，印面雕刻阳文篆书"湘献王宝"，印背为龟纽，龟昂首，卷尾，四足匍匐，龟的腹部下、前后足之间有一圆形透孔，应为穿系绶带所用。

那么，朱柏到底有没有"谋反"呢？

目前流行的一个说法是，朱柏在修整王府时使用了现存太晖观祖师殿上六根有盘龙的石柱，盘龙只能是皇帝用的，朱柏这种做法就是僭越了。在建文帝时期，有人告发朱柏，朱柏便畏罪自杀了。

如今，那座"惹祸"的王府已经随朱柏灰飞烟灭，我们再也观瞻不到它的雄姿了。据记载，这座王府就在荆州城内今天太晖观所在的位置。王府建筑规模宏大，是洪武十一年（1378年）至洪武十八年（1385年）间，拆了荆州部分古城墙的砖来修建的，外面有高墙环绕，是荆州除了城墙以外，最为宏大的建筑——如果它保留下来的话。

也有笔记记载，说朱柏确实有罪，他私炉造钱，私自造兵器。其实这是个潜规则，当时每家藩王都这么干，就看朝廷抓不抓。

其实，朱柏被问罪的真正原因是，在建文帝审周王朱橚（sù）时，说朱橚连同朱棣、朱榑和朱柏谋反；审朱榑时，他也供出了串通的事。这俩藩王招不招供不重要，建文帝只需要捏造供词，派兵动手就是了。建文帝在靖难之变后发出的讨伐燕王朱棣的诏文中即称朱柏因谋反而获罪自杀。说朱柏"谋反"其实没有实质性的证据，要说朱柏真有什么"罪"，当是他不该生在帝王之家。

到了清代，王公都是集中在北京建造王府，并领各种差事，而在明代，朱元璋信不过异姓的功臣，大开杀戒杀了不少，他说："天下之大，必建藩屏，上卫国家，下安生民。今诸子既长，宜各有爵封，分镇诸国。"主张把藩王分封到全国各地，建立自己的藩属领地，让朱家子孙世袭下去。以国为家，永霸天下，这是帝王们的习惯思维。所以，整个明代一共分封了数百位藩王，其中44位都被封在湖北，较为知名的有楚王朱桢、郢王朱栋、湘王朱柏、辽王朱植等，他们都是朱元璋的儿子。

而建文帝朱允炆的想法却与他祖父明太祖朱元璋有所不同。据尹守衡《皇明史窃》记载，朱允炆曾对朱元璋说："乱贼不平定，就让诸王去控制；诸王不平定，谁又来控制他们呢？"朱元璋沉默后反问道："你的意思是怎样的？"朱允炆回答道："怀之以德，制之以礼，不守规矩就削减其封地，再不听话就换人，诸王仍不服的话，则兴兵讨伐。"其核心思想是保证中央集权不受地方政权的威胁。

朱元璋比其所立的太子长寿，所以他死后，由皇孙朱允炆即建文帝继位。建文帝登基后就迫不及待地与黄子澄、齐泰等人着手策划"削藩"之事。朝廷把燕王朱棣看作最大的威胁，周王和湘王则被视为他的两个羽翼。当时，大臣齐泰主张，应该立刻干掉燕王朱棣，而黄子澄认为要先干掉朱棣的同母兄弟周王朱橚。

恰好朱橚与他的次子汝南王朱有爋有矛盾，黄子澄等人即煽动朱有爋告其父谋反。在洪武三十一年（1398年）六月，建文帝下令逮捕了周王朱橚，并将其贬为庶人。朱橚被废后，很快朱柏就自杀身亡，紧接着齐王朱榑被骗到京师，被贬成庶人；代王朱桂在大同被囚禁起来。一连串的动作，使得建文帝产生了妇人之仁："朕即位未久，连黜诸王，若又削燕，何以自解于天下？"他觉得下手太狠，就缓一缓再对朱棣动手，结果还没轮到他动手，朱棣就动手了。

严格来讲，对朱柏的问罪完全是莫须有的，只是一次政治阴谋，而朱柏是最大的牺牲品。

二

与"削藩"措施并行的是建文帝的改革。他为什么要改革呢？洪武年间，朱元璋兴起了明初"四大案"，分别是洪武十三年（1380年）的"胡惟庸案"、十五年（1382年）的"空印案"、十八年（1385年）的"郭桓案"和二十六年（1393年）的"蓝玉案"，一连诛杀了十余万人。胡惟庸与蓝玉案是制造政治案件以杀功臣的典型例子，而"空印案"与"郭桓案"表面上是剥皮揎草地惩治贪污，目的却在于制造出政治恐怖，便于皇帝收权于一身。这一套做法的血腥朱元璋是知道的，皇太子朱标和皇长孙朱允炆心存仁厚，他也是知道的。也许朱元璋"披荆斩棘"，涉血河而行，也是为了日后好平稳地把皇位传给朱姓子孙。

当时建文帝身边聚集着以方孝孺为首的江南文人集团，他们都有着"仁政"的理想，也希望自己的一方水土得到扶持。所以，建文帝的改革一方面是施行"仁政"，适当放宽对四大案的追杀；另一方面就是减轻江南的赋税（所谓朝廷对江南的盘剥）。甚至在改革官制的过程中，都有了重新设计宰相的苗头，这自然要加强中央集权，削弱藩王的势力。没想到这却触动了大明王朝最敏感的神经。朱柏死后没多久，燕王朱棣也感到自身难保，于是起兵"清君侧""诛奸臣""奉天靖难"，他在发布讨伐建文帝的檄文时，罪名之一就是"湘王无罪，听谗臣之言，赐其焚死"。最后朱棣造反成功，当上了永乐皇帝，建文帝从此下落不明，或说像朱柏一样阖宫自焚了，或说是到江南出家了，或说是流亡到了海外，总之，生不见人，死不见尸，命运竟和朱柏相似。

朱棣登基后，立刻肃整支持建文帝的江南文人，他要方孝孺起草诏书，表明自己是效法周公辅佐成王。方孝孺连番痛骂，宁死不写。朱棣将方孝孺车裂于街市，一口气杀了他十族，历史上只有"诛九族"的事，朱棣借杀朋党的"第十族"，血洗了江南的文人集团，大批江南文人随方孝孺赴死。而"天下读书种子"就此绝矣，直至明代中后期这一冤案方被平反。朱棣也并不比他的父亲"仁慈"。

在这一系列事件中，最令人叹惋的还是湘献王朱柏。其实，朱柏秉性淡泊，并无心争夺帝位。他自幼喜欢读书，也喜欢习武和兵法，但最喜欢的还是研究道教和方术，自号"紫虚子"，建造了众多道观。如今荆州城内的太晖观、玄妙观、开元观都与他有关。玄妙观和开元观始建于唐，兴建于明，如今保留的也多是明清时期的建筑。而太晖观则完全是朱柏的杰作。

太晖观位于荆州城西门外约 15 公里处，建于洪武二十六年（1393 年），经过占卜，命名为"太晖观"，相当于朱柏的"国庙"了。《江陵县志》称"国西郊有观,曰太晖,为国立也……设有殿阁、天门、帏城、左右庑,遍数琳宫,独此雄甲荆楚"。原来的太晖观占地面积达5.4万平方米,有主体的阁楼式建筑五座,偏殿、配殿俱全,如今仅剩下一座祖师殿,是建在八米多高的平台上。

朱柏十分信奉道教,从小就迷恋炼丹求仙,他曾到武当山寻访张三丰,没有找到,还写下《赞张真仙诗》一诗。诗中写道:"张玄玄,爱神仙。朝饮九渡之清流,暮宿南岩之紫烟。好山劫来知几载,不与景物同推迁。我向空山寻不见,徒凄然!"在建文帝即位时,朱柏闻到"削藩"的风声,就赶紧跑到武当山,在那里开建灵坛,祈求神灵保佑,并按照道教特定的方法,将作为藩王象征的玉简金龙和玉璧埋起来。道士的这一套做法叫醮事,没想到几个月后建文帝就来问罪了。道教中有不少能够火化升天的典故,朱柏采用自焚这种方式,也许跟其信仰有关吧。

不过,朱柏也没有我们想象的那样懦弱。他不仅能诗擅画,博览群书,而且膂力过人,久经沙场,是位武将,曾率兵数十万征伐南方的"古州蛮叛"。

洪武二十四年(1391年),四川的土司五开蛮叛乱,朱柏出了主意,采用内部分化瓦解的方法,"不戮一人"就平定了叛乱,朱元璋十分高兴,这一年朱柏二十一岁。到了洪武三十年（1397年），贵州的古州蛮叛乱，朱柏二十六岁时作为副元帅，和主帅楚王朱桢一起征讨。这一次不是很顺利，打了一阵子便无功而返。史书载这次朱柏"同楚王桢讨古州蛮，每出入，缥囊载书以随，遇山水胜境，辄徘徊终日"，算是对他的负面评价，看来朱柏有武将的才能，却始终有颗文人的心。

朱柏十分受朱元璋的宠爱，据说在就藩辞别的时候，朱元璋赐给每位藩王一条玉带。佩上玉带后，朱元璋让他们都转过身去，看看背面的效果如何。而朱柏并没有像其他人那样转身，他说："君父不可背也。"这话说得朱元璋甚为欢喜。

不愿"背叛"父皇的朱柏最后却"被谋反"，其心中的悲愤可想而知。建文帝也没想到朱柏性格竟如此刚烈，干出了阖家自焚以自白这样的事，造成了不好的影响，也促使燕王朱棣下定决心先下手为强。

朱柏死后，建文帝下令，着朱元璋第十五子——就藩于辽宁的辽王朱植——迁到荆州，在现在荆州市军分区的位置建了辽王府。朱植在此于永乐二十二年（1424年）病逝，谥号为"简"，下葬在荆州城西边的八岭山，现在仍保存了辽藩王墓。辽藩王在荆州传袭了七世八王，直至大明终结。朱植的心里十分明白，自己的迁移完全是朱棣继续削藩的产物。为了不重蹈朱柏的覆辙，他开始谨慎低调，想必也过得不轻松，此为后话。

三

再来说朱棣登上皇位后怀念朱柏，自然要为兄弟平反昭雪，于是为朱柏修了这座衣冠冢。如果你去太晖观参观，会发现其不远处就是湘献王朱柏的墓，那里有石像生、石碑、地宫等，大体架势还保存着，石像生只保存了头部，不知身子到哪里去了；石碑是 2000 年后刻的，原先的碑文《湘献王神道碑》为明代大学士解缙所书，中书舍人吴均撰盖，礼部主事陆颙书写，永乐九年（1411 年）立石，很有史料价值。

朱柏之死，在很大程度上改变了大明的政治走向，促成了皇权的改弦更张，是大明朝往后二百多年江山的新开端。当我们看几百年后清朝康熙平三藩和三藩先造反后失败的结局，多少能明白些荆州的往事吧。

说部：古龙是武侠小说界最后的狂欢

2018年6月7日，是古龙的八十冥寿。这才感慨，他虽然在世不到五十年，却能享受一定年头的大师光环。可他不愿当大师，而只想做大侠，肆意挥洒他的才华和生命。他急匆匆在世上走一遭，醉了，便去了。

喜欢古龙作品的诗人戴潍娜曾说："美，是一种类似堕落的过程。""最贞洁的人写最放浪的诗，最清净的文字被里有最骚动的灵魂。"古龙是最放浪的人，他写最贞洁的小说。因此，多情的人最痛苦，无情的人最专一，专情的人最幸福。

古龙之于武侠小说界的成就，怕是无人能及。

一

1950 年，古龙跟着父母定居台湾。他身材矮小，其貌不扬，加上身在官场的父亲与母亲感情不和终至离婚，使他自幼孤僻敏感。他上了台湾地区著名的台北市淡江英语专科学校（即后来的淡江大学），读的是夜校部，过早地混入社会，成了肄业生。纯文学道路走不通时，他被迫去为"武侠三剑客"诸葛青云、卧龙生、司马翎当小弟并代笔。而他自己被代笔的作品在台湾武侠界算是少的。

料想他一生都被父母离异和其貌不扬所困，合家欢的温馨体验更是罕有。这使得他虽然不相信婚姻，却需要爱情，还需要夜生活。

　　1958年至1968年，是台湾武侠小说的黄金十年，是诸葛青云、卧龙生、司马翎这三位武侠小说家风靡大众的时候。当时古龙还是陪着他们喝酒的小弟。而古龙创作的巅峰期是在1965年至1974年。其间他先后出版了《浣花洗剑录》《武林外史》《绝代双骄》《楚留香传奇》《多情剑客无情剑》《萧十一郎》《欢乐英雄》《流星·蝴蝶·剑》《陆小凤传奇》等传世名作，而他的贡献不止于改变了武侠小说的写法，还延续了台湾武侠小说的辉煌。

　　在写就《武林外史》后，古龙的作品到了火候。在这部小说中，主人公沈浪、熊猫儿等一出场就是江湖成名的侠客，来破解一个个江湖谜团。而此前哪怕是金庸的武侠小说也大多保持了成长小说的模式，不论郭靖、杨过还是张无忌，这些大侠都是从孩童时期成长起来的，整部小说就是主人公的成长史。古龙不这样写，这是他对武侠小说写作的突破。

　　古龙想突破的还有很多，但他太痴迷于生活了。20世纪70年代，由古龙担任编剧的电影《萧十一郎》大获成功，他日进斗金，又千金买醉。他原本是台湾四海帮的成员，始终身处江湖中。1980年10月的一天，古龙在台湾北投的吟松阁喝酒，见到了黑道大哥柯俊雄。柯俊雄手下的小弟让他去敬酒，他不去，觉得没必要。小弟在争执之下，一刀将他的手砍伤了。众人赶紧送他去医院，因为输血，古龙不幸感染了肝炎，而他又无法戒酒，从此健康状况每况愈下，为他的早逝埋下了伏笔。

嗜酒是古龙的本色，而最能代表古龙本色的人，还是他创作的武侠人物李寻欢。在《多情剑客无情剑》中，上官金虹与李寻欢有过如下的对话：

> 上官金虹："你本是三代探花，风流翰林，名第高华，天之骄子，又何苦偏偏要到这肮脏江湖中来做浪子？"
> 李寻欢："想来就来，想走就走。"

二

很多学者把古龙的创作生涯分成若干阶段，但大体上不过是初始、成熟、巅峰、衰退，拢共不过从 1960 年至 1985 年的二十五年。他初始时期的作品仍没有脱离"孤雏复仇"的模式，而衰退期作品的数量和质量明显下滑。在他的成熟和巅峰时期的作品中，主人公多是快乐洒脱的样子，不再背负家国情怀，而多的是个人的爱恨情仇，于肆意妄为间挥洒个性。

古龙的"七种武器"系列在 1974 年至 1975 年间完成，表面上是在讲武器，实则在讲人的优秀品质。例如，《长生剑》讲的是微笑，不管有多大的困难，只要能笑一笑，就可以越过去。《孔雀翎》要表现的是信心，高立得到孔雀翎后，信心增强，打倒了比他厉害的对手。《碧玉刀》讲的是诚实。《多情环》讲的是仇恨，快意恩仇其实很危险。《霸王枪》讲的是勇气，爱是勇气的动力，它使人有足够的勇气面对困难，不惧怕一切险境。《离别钩》讲的是戒骄，每一次教训都值得珍惜，都可以使人振作。

而他笔下的人物，如花无缺、西门吹雪、李寻欢、楚留香、孟星魂、沈浪、陆小凤等人，都有超然的品行，仿佛世外高人。《陆小凤传奇》中的花满楼，眼虽盲但心里头敞亮，从不怨天尤人。古龙透过他的口说："你能不能活得愉快，问题并不在于你是不是个瞎子，而在于你是不是真的喜欢你自己的生命，是不是真的想快快乐乐地活下去。"而楚留香这个形象更是迷人。他智慧、幽默，经历传奇而绝不违背初心。他身边好友有富贵豪族，也有市井百姓。另有不拘小节的萧十一郎、完美无瑕的花无缺、豪情仗义的铁中棠、冷静机智的沈浪、聪明圆滑的小鱼儿、狂放不羁的熊猫儿……这些人物宛如一个个生活在我们身边的现代人，同样高大深刻，同样有七情六欲。而他笔下的女性则阴冷得多。《武林外史》中的云梦仙子，《绝代双骄》中的邀月、怜星，《多情剑客无情剑》中的"武林第一美人"林仙儿，《边城浪子》（初名《风云第一刀》）中的花白凤，《三少爷的剑》中的慕容秋荻……都是古龙小说中的复仇者。

古龙很敢写，他以古代为背景写小说，但他的小说又几乎读不出古代味儿，让人不信他笔下的人物身着古装。与其他的武侠作家相比，古龙小说中的侠客也要为柴米油盐担忧。在《欢乐英雄》里有个穷得要命的"富贵山庄"，他们饥肠辘辘的时候，也需要典当衣服，以换求馒头充饥。他在武侠里写推理破案，又引入西方小说的大量技法分析人性，带有西方色彩。

金庸是新武侠小说的开创者，但其笔下仍有大量的旧学传统，若按此标准，古龙简直不像个写武侠的了。他的语言会为了稿费而一句话占一行，曾被人模仿出来做笑话，相声里说武侠小说："他的剑是冷的，他的刀也是冷的，他的心是冷的，他的血是冷的，这孙子冻上了……"这都是拿古龙开涮。古龙但凡真的写起人物，十分干净利落，三言两语就把战斗了结，吸引人的眼球。不论如何，古龙实在是位文体家。

他经常在小说中写各种吃食，但他自己最喜欢蛋炒饭。他往往是先吃一份蛋炒饭再开始喝酒。犹记得《多情剑客无情剑》里两个孩子的哭喊："发了财我就不吃油煎饼了，我就要吃蛋炒饭！"

面对武侠小说的困境，古龙一直在反思："有人说，应该从

'武'，变到'侠'，若将这句话说得更明白些，也就是说武侠小说应该多写些光明，少写些黑暗；多写些人性，少写些血。"（《说说武侠小说——〈欢乐英雄〉代序》）他的生活是颓废而任性的，但他的小说是充满理想且欢快的。

三

古龙是颓废而任性的。我们都知道他的挥霍和不守时，风流一世，肆意滥情，与女人同居。他的内心始终是悲苦的，而他笔下的人物却给我们些许盼头。古龙的悲苦，缘自他的自卑和自傲。

武侠小说家的地位始终尴尬，一方面被读者追捧为大侠和宗师，同时又被看作卖文的"文丐"和不入流的小文人。不论武侠作家取得多大的成就，在一般人眼中，其作品往往被看作茶余饭后的消遣，从未当作正经的学问。写得高雅了没人看，写得太俗了也没人看，有更俗的事可以爽快，何苦读书？小说家多有此感觉，何况是武侠小说家。对今日的武侠小说，难以定位其读者群。

古龙是职业的武侠小说家，他没有公职，没有其他身份。而其他武侠小说家，如金庸、梁羽生为报业名流，而诸葛青云为国学名家，即便是民国时期的武侠名家，郑证因似拳师，王度庐、宫白羽似中学教师，而还珠楼主像世外高人，也比古龙早期给读者或者古龙给自己的预定人设要体面些。

四

古龙属于武侠小说界最后的辉煌的代表。他去世于 1985 年，而早在 1972 年和 1984 年，金庸和梁羽生已分别宣布封笔。古龙去世，似乎宣告着一个时代的终结，武侠小说从此开始走下坡路。随着网络的普及，报刊连载小说、小薄本分多册出版的武侠小说，放学后租书铺内攒动的人影，都日渐消失。武侠小说从大众读物退缩成了小众读物，发表武侠小说的杂志和出版社也大量缩减，银幕上难见好的武侠影片。

这一切，不仅是因为我们缺少大师级的武侠小说家，更似乎是因为人们不再认可武侠精神。

作为类型文学的武侠小说，是一种前现代的文体，有其固定不变的元素——无法否定的正与邪、善与恶。年轻的作者受现代文学的影响，在小说中少有传统文化的功底，而有太多的现代、后现代的技法，并没有突破传统剧情的窠臼，反而几乎将武侠小说写死了。同样，我们都说武侠小说是成人的童话，孩子们渴望飞檐走壁，是渴望做大侠，用武功来主持道义，这才有当年看了《少林寺》电影而真上少林寺学武术的事。而今孩子们早就明白，电视里的都是假的，世界上没有郭靖、萧峰，也没有李寻欢、楚留香。

古龙是能看透江湖但不愿看透江湖的人，因为江湖中有他全部的情。他宁愿让自己醉死，也不愿舍下这一身的情债。

（本文大量资料为作家林遥提供，特此感谢。）

半神：天龙八部的东土化之路

> 天龙八部这八种神道精怪，各有奇特个性和神通，
> 虽是人间之外的众生，却也有尘世的欢喜和悲苦。这
> 部小说里没有神道精怪，只是借用这个佛经名词，以
> 象征一些现世人物。
>
> ——金庸《天龙八部·释名》

不知为何起，我不惧漆黑、午夜、野外、坟地与孤单，
在住乡下的农家院时，专爱在那漆黑的午夜，一个人到
村落坟场中闲逛，想那累累的尸骨与我只一抔净土之隔，
抬头夜观星月之光，品天地之灵气，思宇宙之无穷，要
不就是钻溶洞、探鬼楼、夜爬香山，只干那不靠谱的事，
且自幼专门收集神佛妖魔鬼怪的故事，对人间生活不屑
一顾，神佛妖魔鬼怪的逸事，于我而言，似乎比人间生
活带劲多了。

旧京有个传说，每逢正月十九白云观邱祖诞辰之日，
届时邱处机祖师会化成一个逛白云观的普通香客混迹人群
之中，你不知哪一位就是邱祖的真人，而必然与他擦肩而
过。在读金庸大师《天龙八部》时，我悟到，大凡三界六道，
人即是魔，魔即是佛，人即是妖，妖即是鬼，人即是神，
神即是怪，人即是身，身即是尸，以上非人，皆存世间，

他们和人同为一体，懂了人也就懂了他们。金庸先生说，他只是借用佛经名词，以象征现世人物。而"天龙八部"本是西来的护法神，他们有人的基本相貌，却不是人间的众生。

一

　　佛教认为世事无常，宇宙间有三界六道，三界为欲界、色界、无色界，是众生所居住的地方；六道为天、人、阿修罗、畜生、饿鬼、地狱，是众生受到业报的六种去处。天道为六道之首，天道众生遍及三界，而其他五道仅在欲界。宇宙万物，包括天龙八部，都有生死与六道轮回。而人修炼的境界，包括阿罗汉、菩萨、佛三个层次。若非修成"阿罗汉"境界，心中都会有"贪、嗔、痴"三毒，而佛的境界就更高了。

　　天龙八部是八种佛教护法神的总称，经常出现在佛祖说法的时候，既不能称其为神，也不能称其为妖魔，可称其为"半神"。这八部是一天众、二龙众、三夜叉、四乾达婆、五阿修罗、六迦楼罗、七紧那罗、八摩睺罗迦，以天众、龙众为首，因此叫"天龙八部"，又称"龙神八部""八部龙众""八部众"。他们有人的基本相貌，却不是人间的众生。

天众：天并不指天界这一生活场域，而指天神。佛教中的天神主要为二十诸天。天众的主神叫帝释天。

龙众：龙本是中华民族的图腾，并非印度民族的图腾，此龙众指众多种龙，不是指被孙悟空打得团团转的四海龙王等。佛经中有五龙王、七龙王、八龙王等名称。印度的龙没有脚，似巨蟒，有剧毒。古印度人对龙很尊敬，认为水里的动物以龙的力气最大，陆上的动物以象的力气最大，因此对德行很高的人尊称为"龙象"。金庸在《神雕侠侣》中，为金轮法王创造了"龙象般若功"。

夜叉：梵文 Yakṣa 的译音，还被译成"药叉""阅叉""悦叉""野叉""夜乞叉"等，大意是"捷疾鬼""能咬鬼""轻捷""勇健"，十分凶恶。

乾闼婆：梵名 Gandlmva，意即"寻香"，最早是印度婆罗门教崇奉的半神半人的天界乐师。佛典中，他与紧那罗一样善于弹琴，同时担任"香神"的角色。佛事离不开香，作为佛教护法，乾闼婆有不食五谷、以呼吸香气为食的神力。

阿修罗：梵名 Asura，来自印度神话，直译为"非天"，是半人半神，一般认为是多头、多手、多脚、几千只眼睛，能口中吐火，男身者丑陋凶恶，女身者端庄美丽。阿修罗有美女而无美食，帝释天有美食而无美女，双方经常争战，战场被称为"修罗场"。六道中有阿修罗一道。

迦楼罗：是梵文 Garuda 的音译，又称"迦陵频伽"，即妙音鸟，中国人习惯叫"大鹏金翅鸟"，一种叫声悲苦、以龙为食物的大鸟。它的翅膀上有种种庄严宝色，头上有一个叫如意珠的大瘤。

紧那罗：梵语 Kinnara，本是印度神话里的神，后被引入佛教。佛经中说它是天神帝释天的属下，长得像人，但头上有角。敦煌壁画中的飞天，被认为是乾闼婆与紧那罗合二为一创造的。

摩睺罗伽：印度的蟒蛇神，无足腹行神，又叫作云地龙。它的形象是蛇首人身，贪得无厌，什么都吃，后来得道成为神祇。到了中国，摩睺罗伽变成为七夕节那天宋朝人的"座上宾"。老百姓将其捏塑成泥作的小孩状，一供一桌子，据说能保佑妇女并求子，俗称"磨喝乐"。《东京梦华录》载："七月七夕，潘楼街东宋门外瓦子、州西梁门妇外、瓦子北门外、南朱雀门外街及马行街内，皆卖磨喝乐，乃小塑土偶耳。悉以雕木彩装栏座，或用红纱碧笼，或饰以金珠牙翠，有一对直数千者，禁中及贵家与士庶为时物追陪。"

小说《天龙八部》中，天龙八部总体指代芸芸众生，每种都针对几种人物，是按照佛教神魔的性格来塑造人物，这是金庸先生的高明之处。借佛教东传之机，这些来自印度的身世各异的护法神，也漂洋过海，在东土落地生根。拗口的名号不曾成为他们散播神迹时的障碍，中国人在听声辩义方面颇有天赋，给他们换上了中国名，总有办法让这些外来的神仙平易近人。

二

天众里有二十诸天，指的是二十种天神。有五种我们十分熟悉：持国天王、增长天王、广目天王、多闻天王与韦陀天神，即在寺庙中常见的四大天王与韦陀。相传，唐玄宗李隆基得到过多闻天王的帮助，因此供奉天王是从唐代开始的，四大天王的形象不断变化。

在明代小说《封神演义》中，四大天王成了佳梦关魔家四将——持国天王魔礼海、增长天王魔礼青、广目天王魔礼寿、多闻天王魔礼红，各自的形象都有所改变，每个人都增添了神功：琵琶的弦一弹拨起来，会风火齐发；宝剑一砍就是一阵风，被这阵风刮到则化为齑粉；而宝伞的能量最大，它能遮天蔽日，一撑开日月无光，转动一下天地都随之晃动，伞上有"祖母绿，祖母印，祖母碧，有夜明珠，辟尘珠，辟火珠，辟水珠，消凉珠，九曲珠，定颜珠，定风珠"等宝物。更大的创意是多闻天王觉得广目天王的龙或蛇作武器不方便，把银鼠给了他，名曰"紫金花狐貂"。这貂放在空中，肋生翅膀身似白象，能大能小，能扑能咬，而他自己使宝伞就够了。宝剑、琵琶、雨伞、貂，寓意为"风""调""雨""顺"四字，脚下踩着的小鬼代表酒、色、财、气，使得供奉四大天王更有了吉祥的寓意。如今寺庙中四大天王都是经过中国化的造型，穿戴了中国式的头盔和铠甲，少有印度风格了。

北方多闻天王又称毗沙门王，原本在印度文化中身兼福神和财神，在藏传佛教中叫财宝天王。它属下有最胜、独健、那吒、常见、禅只五位太子，还有二十八位使者和五大鬼神。而在中国文化洗礼下，又分化出了另一种形象：头戴宝冠，左手托着宝塔，右手持着宝棒，脚下踏着两个小鬼，成了托塔李天王李靖，并融入哪吒的神话系统，拓展为李天王的金吒、木吒、哪吒三个儿子，演绎出《西游记》《封神榜》中的故事。《西游记》中，四大天王同时成为守护天界四方天门的神，被孙悟空在大闹天宫时打得大败。还是托塔天王李靖用万能的宝塔把孙悟空收服了，放入太上老君的炼丹炉，孙悟空却借机炼得火眼金睛。《封神演义》中，魔家四将被杨戬和哪吒联手打败，电视剧《封神榜》

中改编得更多，越改越走样了。

韦陀天王是印度婆罗门教中的神，后被佛教吸收为护法神。在中国文化中，他成了韦陀将军或韦陀菩萨，姓韦名琨，原是南方增长天王手下的大将，在佛陀圆寂时得到嘱托，哪里有了叛乱，韦陀必然亲自前往平定叛乱。据说佛祖涅槃时有捷疾鬼盗走了一双佛牙，韦陀将其追回，因此十分受尊敬。他的造型是身穿甲胄，双手捧着宝剑或金刚杵。在汉传寺庙中一般有两种造型：双手合十横担着宝剑，双脚平分，意思是本寺可以接纳十方各地的僧人挂单；左手持宝剑杵地，右手叉腰，右脚前立着，意思是本寺限于人力财力，不能接待游方僧人了。

中国很多寺庙大殿进门的拱圈正中，都雕刻着迦陵频伽的正面雕像，是大翅膀的尖嘴鸟，同时有个凸起的肚子。这是天龙八部中的迦楼罗。佛教中说，迦楼罗每天要吃一条大龙及五百条小龙，积攒了太多的毒气，临终时上下翻飞七次，飞到金刚轮山上毒发焚身而死。也有很多迦楼罗吃龙而不得的故事。传说有一次，迦楼罗捉住一条龙带到它居住的树上，那龙越变越大，直到把它的居所毁坏了，不得已放弃了龙。迦楼罗闷闷不乐，而龙王变成一个童子前来安慰它。童子说："龙毁了你的居所，你十分生气，但你吃掉那么多龙，有没有想过龙的感受？"另有一次，迦楼罗把龙挂在树上，要从龙的尾巴吃起。

而这条龙非常长，长得无法找到它的尾巴，直至第二天龙才露出尾巴说："我的法力比你大，如果我持了八斋法，你立刻就成灰烬了。"于是迦楼罗十分懊悔，决定不吃龙了。在《天龙八部》中，迦楼罗指鸠摩智，而段誉身为大理皇族，自然是龙众，因此鸠摩智挟持他到了江南。而鸠摩智因贪恋武功而走火入魔，使得武功全失而成为一代高僧，犹如迦楼罗吃龙过多，毒发焚身而死。

中国文化中也有大鹏鸟，《庄子·逍遥游》云："化而为鸟，其名为鹏，鹏之背，不知其几千里也；怒而飞，其翼若垂天之云。……鹏之徙于南溟也，水击三千里，抟扶摇而上者九万里。"佛教迦楼罗这只大鸟的意象进入中国后，很容易与大鹏鸟的形象合二为一，俗称金翅大鹏。《水浒传》中欧鹏的外号叫摩云金翅，即指大鹏鸟。有趣的是，岳飞被认为是大鹏鸟转世，古本的《说岳全传》记载，如来佛说法，大鹏鸟啄死女土蝠，啄瞎了"铁背虬王"的左眼，啄死了团鱼精，大鹏鸟、"铁背虬王"、女土蝠、团鱼精分别转世为岳飞、秦桧、秦桧之妻王氏、奸臣万俟卨。宋徽宗上天写表把"玉皇大帝"错写为"王皇犬帝"，玉帝大怒，命赤龙下界，转世为女真国金兀术。岳飞字鹏举，天生有神力，大鹏鸟吃龙，因此岳飞天生克金兀术，打了多少次仗，金兀术全败了。

在《西游记》中，金翅大鹏在狮驼岭一章，以反派妖怪的身份出现了，与青狮白象一起作恶，随身还携带一个宝瓶，孙悟空自然打不过他。孙悟空上了天求如来佛，而据如来佛祖所说："……孔雀出世之时最恶，能吃人，四十五里路把人一口吸之。我在雪山顶上，修成丈六金身，早被他也把我吸下肚去。我欲从他便门而出，恐污真身；是我剖开他脊背，跨上灵山。欲伤他命，当被诸佛劝解，伤孔雀如伤我母，故此留他在灵山会上，封他做佛母孔雀大明王菩萨。大鹏与他是一母所生，故此有些亲处。"这样一算，大鹏鸟居然成了佛祖的舅舅。这是作者的加工，典籍上没有记载。按照国人对《西游记》的解读，凡是没背景的妖怪都被打死了，有背景的妖怪最后都重新上了天。大鹏鸟的背景最是雄厚，看来取经不过就是西天佛祖菩萨与上天玉帝众仙联手导演的一场好戏。

三

　　查台湾《佛光大辞典》，得知四大天王中的北方多闻天王（毗沙门天王）负责统领夜叉，守护忉利天等诸天，得受种种欢乐。"夜叉"这词常用，但容易一时想不清它的形象。《红楼梦》的第五回《贾宝玉神游太虚境，警幻仙曲演红楼梦》，是中国式的文学幻想。那第五回中云："只听迷津内响如雷声，有许多夜叉海鬼，将宝玉拖将下去。"不仅令人遐想，夜叉鬼们拿着大叉子，把宝玉像下油锅一样往下按。往哪里按？大约是虚空罢了。

佛教中除了佛，还有神、魔、妖等截然不同的概念，夜叉有一点儿身兼这三种角色的架势。在印度神话中，夜叉族的父亲为补罗婆底耶，或迦叶波，或补罗诃（梵文 Pulaha），母亲是财神俱毗罗的随从，或为大神毗湿奴的随从，还有说法是夜叉和罗刹鬼都是由大神梵天脚中生出的。夜叉不是一个，也不止一种，而是一大族群，战斗力强，常作为军队出征。《大智度论》卷十二举出三种夜叉：

地行夜叉：前世只有财施的功德，能得到种种的欢乐、音乐、饮食，但不能飞行。

虚空夜叉：力大无穷，行走如风。

宫殿飞行夜叉：前世布施车马而能飞行，有种种娱乐及随身携带的物件。往往认为此种夜叉为女性，称夜叉女。至今"母夜叉"仍是俗语，仍在使用。

与神的格调矛盾的是，夜叉喜欢吃人血肉。据《大吉义神咒经》卷三载，诸夜叉、罗刹鬼等，常作狮、象、虎、鹿、马、牛、驴、驼、羊等形象，或头大而身小，或赤腹而一头两面、三面等，手持刀、剑、戟等，相状可怖，令人生畏，能使见者错乱迷醉，进而饮啜其精气。中国佛教和民间传说中的夜叉形象不尽相同，都是相貌凶恶、能吃人的妖怪，有时是腹部下垂的侏儒，但对人类态度友善，不轻易伤人。此处矛盾显现，夜叉究竟是善是恶？

佛经中对夜叉有个定义，即住于地上或空中，以威势恼害人，或守护正法之鬼类。"威势"一词十分关键，在汉语中指威力与权势，在佛教中指佛天生具有的威力。如来佛有四种威势和四种法，如有"于空处或障碍处，皆可速行极远；无论小如芥子，大如须弥，皆有相入自在之威势"。四种法相对好理解：（一）难化必能化；（二）答难必决疑；（三）立教所化之有情必出难；（四）恶魔、外道等必能降服。

因此，夜叉的凶恶是它与天俱来的，并非它的善恶之分。凶恶在于天性，但并不主动害人，即"恶非恶"。在印度和佛教中更强调它神的一面；而中国文化中多强调其魔的一面。

印度曾称夜叉为祭祠鬼，民间常祭祀夜叉以求福。在中国，夜叉是妖怪的代称。唐代佛教兴盛，夜叉的故事被记载到各种笔记中。《宣室志》记载夜叉"赤发蓬然，两目如电，四牙若锋刃之状"；《河东记》记载夜叉"锯牙植发，长比巨人"。中国人喜欢祥瑞之兆，古人认为夜叉出现预示着主人家的政治前途出现转机。

把人叫作夜叉，那自然不是好词，人也不是好人。唐代张鷟的笔记《朝野佥载》中云："监察御史李全交素以罗织酷虐为业，台中号为'人头罗刹'，殿中王旭号为'鬼面夜叉'。"他们是唐代知名的酷吏，每每审问犯人，"必铺棘卧体，削竹签指，方梁压踝，碎瓦搘膝……"，这是被称为夜叉的人所做的事。《天龙八部》中有两个人的外号叫夜叉（原著用"药叉"）："俏药叉"甘宝宝和"香药叉"木婉清。甘宝宝始终对段正淳饱含深情，尚不算狠，木婉清因母亲秦红棉被段正淳抛弃而心怀怨恨，发毒誓要杀人复仇。她在逼问段誉是否答应做她丈夫时，"手指本已扣住袖中发射毒箭的机栝"，若段誉拒绝，怕是立显夜叉本性了。而这部书中，夜叉的代表还要首推"四大恶人"："恶贯满盈"段延庆，"无恶不作"叶二娘，"凶神恶煞"南海鳄神岳老三，"穷凶极恶"云中鹤。段延庆原为大理国太子，后因涉及奸臣杨义贞的谋反，他身受重伤，双腿残废，喉头损坏，无法走路和说话，用双杖行走和腹语术讲话。叶二娘相貌美丽，但因自己与玄慈方丈的儿子虚竹被夺走，爱子成狂而步入邪路。南海鳄神一生都在跟叶二娘争老二老三的位置，虽然干坏事，但愚顽中又有几分厚道，拜段誉为师后弃恶从善，因要救段誉而被段延庆所杀，令人唏嘘。云中鹤笔墨不多，是好色之徒，相对可恶。四大恶人皆恶出有因。包括逍遥派的李秋水、天山童姥等都有夜叉的味儿，天山童姥一生爱无崖子而不得，与李秋水缠斗一生，发明生死符种在江湖人的身上以号令群雄，可谓爱之愈深，恨之愈切。但二人在发现无崖子另有所爱后便相继而逝，可谓残忍中饱含深情。书中每个人的外表和内心，志向和结局、命理和运势反差极大，充满了禅意。

另有《水浒传》中的"母夜叉"孙二娘（父亲叫"山夜叉"孙元），她的外貌是："下面系一条鲜红生绢裙，搽一脸胭脂铅粉，敞开胸脯，露出桃红纱主腰，上面一色金钮。见那妇人如何？眉横杀气，眼露凶光。辘轴般蠢垒腰肢，棒槌似桑皮手脚。厚铺着一层腻粉，遮掩顽皮；浓搽就两晕胭脂，直侵乱发。……钏镯牢笼魔女臂，红衫照映夜叉精。""母夜叉"孙二娘与丈夫"菜园子"张青之间关系颠倒，丈夫看菜园子，妻子是女魔头。孙二娘的性格塑造相对扁平，于她而言，传统的正义观不再适用，黑店是祖传的，不姓张而姓孙，张青是上门女婿，武功和江湖地位都没孙二娘高。所以她天生就能蒸出喷香的人肉包子，书中从来没有写她正义与犯罪之间的纠结，而一再强调她的江湖义气与好交朋友。

《阅微草堂笔记》有一篇《海夜叉》，说海里有个夜叉，有一天跑到捕鱼的船上喝多了，被人逮住，打死了。《聊斋志异》

　　　　　　　　　　　　　　　声色野记

中的《夜叉国》有点儿污，说广东有位徐姓商人出海到了异地，被一母夜叉劫了成亲，还有其他母夜叉来抢，都被那只夜叉打败。徐商人在夜叉国生活数年，带着母夜叉和两个儿子回到中原。儿子长大后中了武举从了军，母夜叉还帮儿子披挂上阵打仗。在这两部著名的故事集中，夜叉始终是负面的形象，从来没人求夜叉保佑。

四

中国文化自古讲究正邪势不两立，而儒家所谓"身心合一"，某种程度上也可理解为读其心要观其行、观其身、观其脸。神佛们各个方面大耳，慈眉善目，凶巴巴的夜叉被当成妖怪，踢出神界，就不难理解了。就论邪恶之神如夜叉，他们的恶是一种战斗的能力，并不是作恶，而没有战斗力的人为了私欲，刻意练就了夜叉般的战斗力作恶。

因此八部龙众最好不被定义为"半神"，而被定义为"非人"。此种"非人"在各种文化中传播，从人们对其的态度中，能看出文化的此消彼长是一件有趣的事。

司晨：鸡的污化之路

> 鸡翁一，值钱五，鸡母一，值钱三，鸡雏三，值钱一。
> 百钱买百鸡，问鸡翁、鸡母、鸡雏各几何？
>
> ——《张丘建算经》

外面鞭炮隆隆，家人们一起包饺子，无意中说了句"杀鸡问客（qiě）"这句绝迹江湖的北京话来，意思是，招待客人不实诚，拎着鸡问客人吃不吃，待客人说吃再杀，说不吃就不杀了。它透露的意思是，鸡是用来吃的，不是用来拜的。

汉代韩婴所著的《韩诗外传》归纳了鸡有"五德"：文、武、勇、仁、信。

文：头上戴冠，寓意加官晋爵，封侯拜相。

武：足搏距者，鸡爪子是武器，能打善战。

勇：敌在前敢斗，斗鸡走犬过一生，天地安危两不知。

仁：见食相呼，勤劳、互爱、护雏。

信：守夜不失，雄鸡一唱天下白。

在这五方面，鸡都是吉祥的象征。母鸡抚养小鸡，还代表着抚育与教养。窦燕山的五个儿子都考中科举，反映五子登科的画多是画一只母鸡带着五只小鸡。又有传统的吉祥画，画四只柿子和三只公鸡，寓意"四世三公"，四代人有三代都位列王公，这与"满床笏"一样，是美好的寓意。可鸡在古代始终贵不起来，据说 5 到 10 文钱一只，《射雕英雄传》里，杨过童年时流落市井见郭靖与黄蓉，手里还提溜着一只公鸡。

我们还是先来看看钟表出现以前的鸡。那时候，它的内涵更有意思。

一

　　中国文化最善于使用事物的引申义。鸡司晨报晓迎来光明，在神话中，自然会认为，人间有鸡，天上也有鸡。南朝梁的任昉在《述异记》中记载，有一座桃都山，上面有棵大树叫"桃都"，树枝间广袤得能相去三千里。树上有只天鸡，每当日出照到这棵树时，天鸡则鸣，天下鸡皆随之鸣。李太白诗云："半壁见海日，空中闻天鸡。"佛教中有种神鸟名叫迦陵频伽，又称妙音鸟，是人首鸟身，但更像人身鸟翅鸡足。太阳中有三足乌，因此太阳也叫金乌。这些都是与广义的鸡有关的神话。

　　在神话中，天上有一位昴日星官。在《西游记》琵琶洞一回中，孙悟空遇到了号称最强女妖的蝎子精。原著中写，悟空与八戒联手，仅三五回合就被蝎子精打得大败。后经过观音菩萨的指点，孙悟空上天来请尖鼻子的昴日星官下界，先是吹仙气治好了悟空和八戒的蜇伤，再请悟空引蝎子精出洞，星官现出本相，长鸣一声，蝎子精毫无武力，再叫一声，现出了原形。而这星官的本相原来是只六七尺高的双冠大公鸡。

鸡何以是神仙而不是妖精？这与二十八宿有关，二十八宿是天上的星宿，被分为二十八个星区，每个星区名字都是仨字，首字是星宿名，中间字是七曜（日、月、金、木、水、火、土）之一，末字是动物名。这里与鸡有关的是三样：胃土雉、昴日鸡、毕月乌，即野鸡、鸡、乌鸦，它们都被算作鸡。昴日星官就是上述的昴日鸡，当然是虫子的克星，能吃虫子能解毒，降服蝎子精天经地义。在盘丝洞一回中，孙悟空又打不过蜈蚣精了（就没几个能打过的），还是被黎山老母化作的村妇指点，去紫云山千花洞请毗蓝婆菩萨，她是昴日星官的母亲，用星官眼睛里炼出的一枚神针战胜了蜈蚣精。孙悟空还特意说，那昴日星官是只大公鸡，这毗蓝婆菩萨一定是只老母鸡了。而佛教中没有这位菩萨的记载，只说毗蓝婆是十位罗刹女之一，如何成了大公鸡的母亲还不可考。

鸡与蜈蚣的恩怨之说不止于此。《射雕英雄传》中洪七公

　　　　　　　　　　　　　　　　声色野记

要吃蜈蚣，在华山之巅山峰绝顶的雪地里埋了一只死去的大公鸡，待将其挖出来时，鸡身上咬满了百来条七八寸长的蜈蚣，接下来是一大段吃蜈蚣的经典描写。

历史上没有记载多少只鸡修道成仙，倒是记载不少鸡没修成仙反成妖的。刘义庆的《幽明录》记载了一个故事：晋兖州刺史沛国宋处宗买了只长鸣鸡养在书房的窗户下，那只鸡居然学会说人话了，宋处宗没事就和鸡练口语，练得口才暴涨，学问增进。于是书斋有了个别名：鸡窗。"鸡窗夜开卷""三更灯火五更鸡"，鸡与读书联系在了一起。还有一个故事说，有个人喜欢吃鸡，每次都把活鸡的双脚砍掉放血，说这样方能去除腥气。后来此人身染重病，双腿溃烂，一碰就流血，连日不好，痛苦了很久才死去。又有故事说书生夜里遇鬼，鬼用一只手吹笛子，书生问："你手指头够吗？"鬼说："够啊。"一下子变出好多手指头，书生拔宝剑把鬼砍了，发现它是一只大鸡。

在历史上，鸡更重要的神功是用于祭祀、占卜、辟邪之类。在十二生肖中，只有老虎与鸡能辟邪。老虎能辟邪是因其威严、凶恶，鸡能辟邪是因为妖魔鬼怪都在夜间行动，鸡鸣预示着天亮，妖鬼无处藏身。鸡还被认为是纯阳之物，以阳胜阴。古代凡是歃血为盟，新建了戏台举行"破台"仪式，都是杀鸡用鸡血，古人以为鸡的血具有某种神力，以告神明。也有的地方出殡时将一只白公鸡带到墓地杀了，把鸡血围着墓坑洒一圈，以防止邪鬼入侵。

用鸡占卜的方法比较有趣，有一种卜法是找来一只鸡、一只狗，一起祈祷，把鸡和狗都杀掉，煮成一锅，单独取鸡眼睛部位的骨头，看那骨头的裂纹。裂纹像人的形状就主吉祥，否则主凶。宋代有一本讲地方风物的书叫《岭外代答》，其中记载，岭南人用小公鸡占卜，焚香祈祷后将其杀掉，取鸡的两根腿骨和一根竹棍绑在一起继续祈祷，左边的腿骨主自己，右边的主别人，"乃视两骨之侧所有细窍，以细竹梃长寸余者偏插之，或斜或直，或正或偏，各随其斜直正偏而定吉凶。其法有一十八变。大抵直而正或附骨者多吉，曲而斜或远骨者多凶"。有兴趣的话可以一试。

二

上古时期，祭祀与饮食同等要紧，人们把生死看得十分神秘，鸡被看成具有神力，可与天地沟通。而近一千年以来，随着世俗社会的发展，鸡变得生活化了许多。鸡个头不大，价格不高，太常见，甚至有些土气，渐渐地被视为俗物，成为汉语中"小"的、"碎"的、不起眼的形容词，还常常与犬并称。与鸡有关

　　　　　　　　　　　　　声色野记

的成语中好词不多，呆若木鸡、杀鸡儆猴、杀鸡取卵、鸡犬不宁、鸡飞蛋打……鸡能司晨是好事，但也因此被认为是小臣或小人物，只能管报时这类的小事，上不得台面。此外，牝鸡司晨，女人当国，要天下大乱，被视为"鸡祸"。

历史上，鸡鸣时，把守城门阻拦孟尝君的看守打开了城门，祖逖和刘琨起来舞剑，而周扒皮则忽悠佃户们下地干活儿。《鬼吹灯》中云"鸡鸣灯灭不摸金"，足见鸡司晨打鸣被视为一种契约。《诗经》中有首郑国民歌叫《女曰鸡鸣》："女曰鸡鸣，士曰昧旦。子兴视夜，明星有烂。将翱将翔，弋凫与雁。"鸡叫了，天快亮了，丈夫要去打猎射雁。而男女相会，春宵一刻，若听到鸡鸣就是天亮，预示着要"拜拜"了。马王堆汉墓出土的汉简中也多记载为了夫妻和好而施行的巫术。其中一种是用雄鸡或其他雄性鸟的左爪四只、年轻女子的左指甲四枚在一起熬治，涂在对方衣服上，可使夫妻和好。鸡和鸟类的大脑也有此类功效，把鹊脑烧成灰，放入酒中，饮此酒之人会相思。可见鸡可以使得男女相好，而它的鸣叫又使得男女分别，寸断肝肠。南朝时有首《读曲歌》："打杀长鸣鸡，弹去乌臼鸟。愿得连暝不复曙，一年都一晓。"大意是，想把能打鸣的鸡都掐死，能报时的鸟都轰走，愿情人永息温柔乡，长夜漫漫，终年不天亮。从这时起，鸡开始不招人待见了。

欧阳修《玉楼春》中云："百年心事一宵同，愁听鸡声窗外度。"宋词中的鸡大多被赋予了这样的意象，若就闺怨一题延伸，对于鸡，人有了"白发""黄鸡"的感叹。"黄鸡""白发"引自苏轼的《浣溪沙·山下兰芽短浸溪》中的"休将白发唱黄鸡"。而原典出白居易的诗《醉歌示妓人商玲珑》：

罢胡琴，掩秦瑟，玲珑再拜歌初毕。

谁道使君不解歌？听唱黄鸡与白日。

黄鸡催晓丑时鸣，白日催年酉前没。

腰间红绶系未稳，镜里朱颜看已失。

玲珑玲珑奈老何？使君歌了汝更歌。

人总有些美梦，而鸡鸣必然会将美梦打破，使人回归现世的惨淡人生。"肠断一声鸡，残月悬朝镜"，（吕渭老《生查子》）不由得令人感叹人生无常。对于羁旅之人来说，天明了就要登程上路，继续饥餐渴饮、晓行夜住的生活。温庭筠有诗云"鸡声茅店月，人迹板桥霜"。鸡鸣被赋予了闺怨与羁旅的意象。鸡的文化意蕴暗中渐变。从这些变化中，能看出不同朝代的古人取哪些舍哪些，能看出中国式的思维。

人在黄鸡一天天的鸣叫中朱颜辞镜，看一年年花红花落，鬓添秋丝，这一切大悲苦又无法有丝毫的改变。生命如逝水东流，如昼夜交替，鸡鸣不会打破铁幕般寒冷的长夜，而只会催促日月更迭。

三

鸡形象的世俗化，是元、明、清以来社会世俗化的一种反映。随着明代雕版印刷的发展，长篇小说、戏曲唱本可以大肆印行，这使得前朝一切高大上的东西，所谓的仁义礼教的管束，多少有些消解，士大夫社会逐渐变成了市民社会，而市民社会首先想到的不是道理，而是生活。而鸡这种动物也开始被污名化。早已被林语堂等人赞扬过的中国丰富伟大的骂人艺术中，鸡是每骂必提之物。若真是背后说谁谁就打喷嚏的话，那么鸡肯定一天到晚不停地打喷嚏。

鸡指代妓女并不是自古以来的用法，而是来源于当下的生活。以北京为例，民国时期管妓女叫"妓女儿"，也称"窑姐儿""姑娘"，当红姑娘的穿戴远超过富家小姐，并不叫"鸡"。查《性文化词语汇释》，鸡指妓来源于香港，"鸡窦"指妓院，"鸡头"指拉皮条的人或接送妓女的人，"北姑鸡"指从内地到沿海一带的性工作者，"飞鸡"指暗中"兼职"的空姐。如今这些用法流行于全国了。在古书中，是先有了"野鸡"，后有了"鸡"。

现今"野鸡"用来指代私下里不在勾栏不挂牌的性工作者，即私娼，特指她们的"野生"。从《九尾龟》到《海上花列传》，再到各地生活中，都有这个词。这也会让人推测，兴许是先有了"野鸡"再造出"鸡"这个词。鸡与妓音近，被用作代称再合适不过。除了鸡以外，兔子、猫、马、黄鱼都曾在不同时代和地区代指妓女，而"鸨母"之称多少也与此有关。鸨是一种水鸟，据说这种鸟生性最乱，能与任何鸟类交配，因此被用在开妓院者身上，因为老鸨多是老妓出身，姐儿爱俏，鸨儿爱钞。

鸡被卷入中国古代的生殖崇拜，从此便走了下三路。太阳每天东升西落，亘古不变，古代的先民也希望子嗣如同太阳般连绵不绝，由此引发对太阳和鸟类的崇拜。郭沫若在《青铜时代》里说"玄鸟生商"的神话时认为，"玄鸟旧说以为燕子"，"玄鸟就是凤凰"，"但无论是凤或燕子，我相信这传说是生殖器的象征，鸟直到现在都是（男性）生殖器的别名，卵是睾丸的别名"。过去北京城里多"老公"（"公"为轻音），即太监。老北京管鸡蛋叫木须，摊鸡蛋叫摊黄菜，鸡蛋肉片叫木须肉，用醋熘的做法叫醋熘木须。木须是讹误，原本作木樨，就是桂花，搅碎的鸡蛋色如桂花，即木须 = 木樨 = 桂花 = 鸡蛋。为了尊重早已鸡飞蛋打的公公们，特意绕了这么一大圈来避讳。久而久之，这种称法就成约定俗成的了。鸡即是鸟，鸟即是屌。鸡、蛋是

　　　　　　　　　　　　　　　声色野记

男性生殖器的俗称，鸡头与那话儿部分相似，鸡蛋与睾丸相似，蛋白与精液相似，鸡站立前倾则与那话儿整个儿相似，等等。至今在吴语、闽南语等方言，鸟与屌发音一致，都指男性生殖器。屌字源于吊，其物下垂也。从《水浒传》中开始，李逵满嘴骂着"鸟人"，俗话中有"吊儿郎当"，这些解释起来都不好听，即鸟＝屌＝吊＝鸡＝毴＝男性生殖器，蛋＝卵＝球＝毬＝睾丸。

这类词语在古代俗之又俗，难以启齿，唐宋以来没人写进诗文，我们不知当时是否这样称呼。目前较早的与之相关的文献是元代杨景贤所作杂剧《西游记》，第五本第十七出《女王逼配》中，师徒四人到了女儿国，唐僧差点儿被女儿国王拿下，幸好在韦陀尊者帮助下才脱身。行者云：

> 师父，听行者告诉一遍：小行被一个婆娘按倒，凡心却待起。不想头上金箍儿紧将起来，身上下骨节疼痛，疼出几般儿蔬菜名来：头疼得发蓬如韭菜，面色青似蓼牙，汗珠一似酱透的茄子，鸡巴一似腌软的黄瓜……

描写虽粗俗却生动，此处非写不可，不必避讳。之前的猴戏中提到孙悟空的形象最早是妖猴，以后才渐渐变成了美猴王。这段描写说明元代孙猴儿尚未断绝人欲，只是被头上多功能的金箍儿毁了好事。兴许此般报菜名的孙猴儿更惹人喜爱。

在《红楼梦》里头，鸡被写作"乩"，作为脏话共现身过三回，分别由呆霸王薛蟠、宝玉的小厮茗烟，还有一个取笑陪邢大舅与贾珍喝酒的两个小幺的人口中说出，都是千古金句，值得玩味。书里头有身份的人不说鸡也不说蛋，说"囚攮的"，有解释其意指骂对方为囚犯的子女。其实没这么文明。《水浒传》《金瓶梅》《红楼梦》《醒世姻缘传》中，哪个不是满纸"鸟人鸟事"，谈及脐下三寸之处，绝不似今天这般遮遮掩掩、欲言又止。

元、明、清三朝的戏曲小说已在化俗为雅。民国时期报业发达，小报里同样是满版"鸡""鸟""屌"乱飞。著名报人林白水被杀，是因为他在报纸上骂潘复攀附张宗昌，他们的关系是"肾囊之于睾丸"。那时生活中人们不避讳。有位搭荀慧生班的京剧老生演员一上台就一副病恹恹的样子，观众一瞅他出来就起堂上厕所，上厕所必然会低头瞧自己的话儿。这位演员被人送绰号曰"鸡巴老生"。国民党元老吴稚晖一向崇尚科学，鄙视文学，他把科学比成鸡腿，把文学比成鸡巴，骂人爱文学不爱科学，是"咬住鸡巴不放，（给个）鸡腿都换不过"。有些地方养父、干爹被称为"寄爸"，无良之辈拿此找女士开下流的玩笑，对不起人，更对不起鸡。

八艳：名妓的落日余晖

　　明末清初有影响的人物很多，故事讲不完。而在煌煌两千多年的娼妓史中，只有那一时期的是最神秘、最引人也最值得挖掘的。那时世风日渐奢靡，衣着日渐华贵，歌舞日渐升平，大可鄙视儒家的清规戒律。名士冶游成风，并以此为雅。社会有了一定的经济基础和宽容度，使得青楼业在明末呈现了空前绝后的繁荣。

　　那年月，"名士与名妓齐飞，才学共操守一色"。

　　"娼妓"一词中，娼和妓，最初都指一定技术和才能的女子。她们在高等的妓院中出了名，都可称作名妓。这类高等妓院，在八大胡同叫清吟小班，在《海上花列传》里叫书寓。明末名妓的所作所为、精神境界，都不止于高级妓女。她们比前朝的李师师，后来的赛金花、小凤仙要高。她们是柳如是、顾横波、马湘兰、陈圆圆、寇白门、卞玉京、李香君、董小宛、王微、梁小玉……没有妓女能够像王微、梁小玉那样写出十几本著作，能像薛素素那样有"兰、书、诗、骑马、射弹、琴、弈、箫"十项全能。

　　同样，十二金钗若只是妓女，也不会被搬入《红楼梦》；陈寅恪那样的史学大师，更不会在失明后为一位普通妓女作传。我用"八艳"来代称，不仅指那八位，也指与她们相当级别的女子，包括一切过寄生生活的侠女和名媛。

后文中使用"八艳"一词，希望这个词能流行。

一

　　"八艳"是女中的士大夫，天下兴亡，"八艳"有责。

　　明代北京的八艳寓所位于前门西河沿、草场院和西瓦厂墙根下。崇祯年间，北京消减教坊乐户，这些乐户很多都流落到扬州去了，才使得扬州成为举世瞩目的风月场所。南京的八艳号称"京帮"，在苏州、扬州一带鹤立鸡群。她们是明朝的陈白露，不论是买是租，都住私寓，独身、才女且时尚。她们与文士之间，如有情人在一起（只不过情人成分多了一点儿）。多妾制的古人对公共情人和交际花都持开放态度，反正梅毒还没传入中国。

八艳和名士的生活环境差不多，书房里都是摆着天然的条案，条案上摆着花瓶，里面插着花，案几上摆着清供。房间内还有书柜、多宝槅。多宝槅里放着几件古玩，墙上挂着名人的字画，书柜上收藏着几部古书，屋角还会有放衣物的大樟木箱子。要知道，在同一时代，北京的土窑子都是临街的倒座房，在墙壁上凿个窟窿，妓女脱光了在里面往外招手，做出种种下流的动作。男子路过看到了便进去，面前能排列一大排供挑选。里头还有"蜂麻燕雀""仙人跳"之类的骗局，在《二拍》中讲过，连阔如也在《江湖丛谈》里详细地讲过。

　　顾横波的词、李香君的诗、柳如是的《尺牍》，不像妓女所为，倒真像李清照、朱淑真甚至后世顾太清所为。她们"超世俗，轻生死"，热心于政治与时事。受五四运动的影响，上海有"青楼救国团"，妓女们停业上街，散发传单，要求释放被捕的爱国学生，晚明的"八艳"也是如此。如此说来，一旦妓女问了政就不再被当作妓女，就像"秦淮四美""秦淮八艳""十二金钗"们不是妓女，而是"四美""八艳""金钗"。

　　明代的叶绍袁说："丈夫有三不朽，立德、立功、立言，而妇人亦有三焉，德也，才与色也，几昭昭乎鼎千古矣。"名妓有才与色，但没"八艳"的德。有了德，"八艳"才"几昭昭乎鼎千古矣"。比起唐代的薛涛和宋代的李师师，她们更有思想，时代给了她们发言的机会和选择。

那时候，"出身不好"的女子，不论是罪臣之后还是被拐卖的，唯一的成长途径是进入青楼学文化，好在艺术上有所创造。出身是不能选择的，出身于娼家，哪怕是从良后仍被称作妓女，个人命运无法掌控。

我们把"八艳"看作妓女，而古人把她们看作名士。看对方是名士的人是名士，看对方是妓女的人就是妓女。

面前有妓，心中无妓。

二

在古代，并不只有风流才子或反派人物才狎妓作乐，不论古代忠贞的民族英雄、豪迈的沙场武将还是正直的忠臣孝子，几乎无不有狎妓作乐的八卦掌故，也无不有与妓女唱和赠予的香艳诗词。宋词几乎全是妓词，写给妓女并由她们演唱。古人对此认可，后人也不批评。古人对于狎妓的批评和处罚只出于两种情况：一是在丧服期间内狎妓；二是没有按照规定狎妓。娶妻相对容易的年景，在欲望驱使下的士大夫没有一心扎在家里，都转向了高额消费的青楼，那里才满足他们的精神追求。

普通的青楼女一旦成为交际明星，她身边会集结一大群士大夫，形成一股政治力量。青楼在古代相当于欧洲贵妇的沙龙，"八艳"相当于沙龙女主人，有相当的活动能力。明末有位有文化的女子叫黄媛介，她先生叫杨世功。杨世功不成材，混不成名，便让黄媛介去托柳如是找工作，每次出家门，都是他亲自送妻子。黄媛介结识了柳如是以后，还和很多女子一起诗文唱和，在女伴家里郊游，一住好几年。

"八艳"地位的提升离不开名士。名士对女子不仅要才貌双全、个性十足的，还要有思想的，即不要爱条件的，而要爱人的，爱谁就娶谁。士大夫集中娶"八艳"为妻妾，这是历史上少有的，千年一遇。

当时就数文人最为浮躁、狂放、暴戾、不羁，不论是降清还是做遗民，苟活也好，殉节也罢，他们都"行大事者不拘小节"，人们也不会跟他们的私德较劲。

明末清初，大凡张溥、张岱、钱谦益、侯方域、冒辟疆、龚鼎孳、吴梅村……每位名士都不可替代，他们爱的"八艳"也不可替代。名士和"八艳"都有心理需要，阅历相似，气味相投，不成婚姻也难。而成婚多以悲剧结局，自然感叹乱世儿女情，不是乱世也许不会相爱，是乱世就会引发国破家亡，他们在对待政权、婚姻时会产生分歧。"八艳"对婚姻期望值高，一旦名士发生动摇，或犯了错误，就绝不去原谅，她们宁可独

声色野记

身终老或出家，也不会随便找个人嫁了。

想当年，卞玉京倾心于吴梅村，而吴梅村那种男人的忧郁、纠结、龌龊和小心眼稍微冒了苗头，卞玉京就死心了。待到几年后他们在钱谦益家重逢，吴梅村想再续前缘，卞玉京都不见他。对于名士吴梅村来说，他的选择很多，他对卞玉京的表白，本能的是犹豫和退缩，是三思而后行，是万不能赔上自己的一生仕途。他不在乎卞玉京的出身，也不觉得卞玉京不好，而是本能地自我保护——一旦娶了八艳，将来会怎样？

男人没有女人坚决，最终的结局是吴梅村错过姻缘后，惨淡地给文学史上添上首好诗。

琴河感旧四首 其三

休将消息恨层城，犹有罗敷未嫁情。

车过卷帘徒怅望，梦来襦袖费逢迎。

青山憔悴卿怜我，红粉飘零我忆卿。

记得横塘秋夜好，玉钗恩重是前生。

男诗人真不值得爱，他们最爱的不是你，是诗。要是用写"红粉飘零我忆卿"劲头儿的一半来追求女人，何尝会落得这样？

三

我去商丘和常熟等地方瞎玩，在商丘城内看了侯方域的故居，那是他们整个家族的宅院，修得挺新，也不确定当年侯方域住哪间屋；侯的墓不可考，我只到郊区看了李香君可怜的小墓，是个很不起眼的普通坟头；而在常熟看钱谦益的墓时，已经没有什么遗存了，主要是三个土坟头，分别是钱谦益父亲、母亲和他本人的墓，最后还有一块钱谦益父亲的墓碑。周围一片郁郁葱葱。柳如是的墓离他不到一百米，他们没葬在一起，也许柳如是的墓不可考，只是后人的附会罢了。随后我又到如皋去看了修整如新的水绘园，有一些建筑多少有些古意，料想冒辟疆和董小宛的日子过得还算不错，董小宛能在这里精研厨艺做给冒辟疆吃，由此列为古代的女名厨。至于陈圆圆的故居，那就更不用寻找了，离我家隔不了几条胡同：一说是北京府学胡同的大宅。这一片一直到平安大街，在明代都是崇祯妃子田贵妃的老爸田弘遇家，闯王进京后被刘宗敏霸占，自然陈圆圆也被强行带到了这里；另一说是西单民族大世界的院子，那里曾经是吴三桂之子吴应熊的府邸，这两处都不可考。

如果"八艳"仅仅是名妓，结局也许会好上很多。名妓是"来者都是客，全凭嘴一张"，而"八艳"和名士绑在了一起。

名士倒霉，她们吃了瓜捞。由于柳如是刚烈的反衬，顾横波的被骂更是冤枉，给个一品夫人头衔，谁能不要？江山易主，名士能不做名士，而"八艳"却入戏太深，不会不做"八艳"，这才是她们的悲剧。

陈圆圆、李香君、卞玉京出家，柳如是自杀，顾横波成了一品夫人但遭了骂，寇白门落魄而死，马湘兰没有落魄，但心内也不会痛快，但她们是中国古典妓女最后的辉煌。

春宫：一门私下分享的艺术

> 小姑渐长应防觉，潜劝郎收素女图。
>
> ——明·茅玉《闺情》

北京古代卖春宫、性用品的地方在东安门，交易时都是在摊位下面偷偷买卖。

春宫又叫素女图、避火图、嫁妆画，古人没有避之为洪水猛兽，而是直接在集市上售卖。习俗中，书铺里放上几张春宫能防火，把小幅的春宫佩戴在身上或绣在饰物上能辟邪。《红楼梦》里傻大姐发现了绣着"妖精打架"的春囊袋，要是向王夫人解释为辟邪用就没事了，大家都下得台来，就怕王夫人不听。

若从礼教和宗教的角度来讲，画春宫不道德。有位春宫画家每日在家作画，女儿暗自偷看也学会了不少。一天他受到重聘，要画一套108幅，画到第105幅想不出来了。女儿偷偷地补上三幅，果然没有和前面重复的，且同样精妙。画家得知后先喜悦有了传人，又想女儿这么年轻就会画春宫，将来会怎样。末了他动手杀了女儿后自刎。人们来查访这件事时，看到了桌子上打开的春宫。故事的目的出于劝诫，画春宫这个行业一直延续至今。正是因为春宫，过去讽刺裸体画，还谓之"半春"。

汉代画像砖里有一幅《高禖图》，一共四块，出土于四川。高禖是管理婚姻和生育的神，于三月三上巳节时祭祀。第一块画祭祀高禖时集体野合的场景，一棵大树下有裸身的一男一女，女方躺着，双腿高高举起搭在男方肩上，男方双腿跪地往前趴着，后面还有一男推其臀部，另一裸男在大树旁边等候；第二块画一人完事了在旁边休息，后面的人继续，连起来像个连续剧。这种盛大的场面，在日本战国时期还存在，多采用男上位，为的是方便快捷。这幅画中的野合展现的不仅仅是当时的风俗，也是一种巫术，以祈求丰收。此画并非春宫，但被作为春宫的祖先。因此说，春宫作者并非以色为画，仅仅是画不避色，没有在画春宫的意识，是后人的狭隘定义为春宫，并打着有伤风化的旗号将其束之高阁，即便是研究者，也不易看到古典时代上乘的春宫，只好欣赏仕女画来代替——也许不知道，仕女画本是春宫中散落出那不成套的几页，透过画纸，带给你一个几百年前的微笑。

一

　　绘画这门艺术，唐代以前还被视为工匠的事，后来才有文
人、士大夫介入，也促进了春宫的发展。唐代仕女画家周昉的
传世作品很多，有《簪花仕女图》《挥扇仕女图》《调琴啜茗
图》《内人双陆图》等，他画的仕女都在拈花、挥扇、弹琴、
喝茶、拍蝶、玩狗、赏鹤、散步、懒坐……还有一幅最为壮观
的《春宵秘戏图》，可惜失传了。相传这幅画曾被南宋书画家
赵孟頫、明代画家张丑等收藏过，张丑记载此画，男具帝王之相，
女有后妃之容貌，有人说这幅画画的是唐明皇与杨贵妃。其中
"以一男御一女，两小鬟扶持之；一侍姬当前，力抵御女之坐

具；而又一侍姬尾其后，手推男背以就之。五女一男嬲戏不休，是诚古来图画所未有者耶。"这张画延续了《高禖图》中风貌。北宋末年徽钦二帝北狩时，金人在宴会上大肆淫乐，宫廷女眷无一幸免，金人还命人将此景绘成了春宫《徽钦蒙尘夜宴图》，场面多达几百人。相应的是，南宋灭了金以后，为了报复，把宋人强奸金国皇后的情景也画成了春宫《尝后图》。这样的画，只能存在于野史传说中。

现存的春宫以明清时期所作的为主，作者有不知名的画工，也有知名的大师——从赵孟頫到唐伯虎、仇英，画《红楼梦》出名的改琦均精于此道。知名的明代春宫有《胜蓬莱》《风流绝畅》《花营锦阵》《风月机关》《鸳鸯秘谱》《青楼剟景》《繁华丽锦》《江南销夏》等。这里面容易找到的是《鸳鸯秘谱》24幅，又叫《风流绝畅图》，署名是唐伯虎。每幅图配上一首用行书写的诗，在明代制成版画，采用矿物颜料，用红、黄、蓝、黑四色套印，色彩极为舒服，与原作差别不二，堪称书画双绝。这套春宫在历朝历代都是禁书，极为难得，也曾被制成石雕，镶嵌在建筑上。尺度较大的是《花营锦阵》，曾被高罗佩印了100册分赠各大图书馆，市面流传多为盗版。有研究说，里面有明代戏曲家屠隆的题字。

春宫最后画女子的私处，到了画上只是一点，谓之曰："点红。"（不可能画个解剖图）劣则生气全无，优则画龙点睛，是师傅带徒弟的不传之秘。画得最好的，点上一点，足以让男子"起立"。

春宫不是唾沫横飞、春光乍泄，而是缓慢宁静的美，它引导着你先看哪里、再看哪里，要你把它从头到脚慢慢地品味打量。高明的春宫不直接画裸体，不像日本浮世绘那样夸张地描绘器官，而是画场景，用氛围来打动人。很多还没脱衣服或已穿好衣服的场景也叫春宫，不露一点，不挑明，可印在教科书上。

春宫有渲染的氛围，有多重的姿势，不论是男女、男男、人畜、多人，都详细描绘。相形之下，西洋的春宫更像打群架，在法国萨德侯爵的小说插图中，能看到大量群交、虐恋、人兽，男男女女，密密麻麻地挤了一大群人，干什么的都有；而浮世绘《江户四十八手》本是相扑技法的移植，美感不够。美感不够，种类来凑，多样的种类代表了各自文化：印度春宫的姿势千奇百怪，多有倒立、下腰、劈叉、缠绕等姿势，雕刻在神庙中供人摩挲，看起来像变形金刚，以表明在瑜伽术的修炼下，人突破身体极限，做到这些迷幻的姿势；东瀛人能画出半真半幻的神仙、异兽、恶鬼、妖怪等形象，那真是个人神共生的时代。

二

古代春宫最能表现的是花样百出的体位（真有百出）。体位使我们发现人体之美、男女之事之美。

仇英专门画过一套春宫叫《十荣》，画了十种姿势。在《金瓶梅》中，西门庆看的从宫里流出的春宫是全套二十四幅，上面都是最常见的姿势。按说古人肯定有把 108 种都画全了的。高罗佩在《中国古代房内考》一书中，把他收集到的十二部春宫图中性爱的体位列了一张表。这个分类比较粗，虽然正常体位的占了四分之一，但其中包括"或勾住男腰，或把脚搭在男肩上。男卧女上，或极少跪在女大腿间"。

体位或叫姿势，它体现着主动与被动、强势与弱势。《洞玄子》曰："考核交接之势，更不出于卅法。"《素女经》也是上古关于姿势记载之大全。这书在《隋书》中有记载，但在五代以后绝迹，是在日本发现并回流的。所载的姿势名称诗意，如龙翻、虎步、猿搏、蝉附、龟腾、凤翔、兔吮毫、鱼接鳞、鹤交颈。中世纪时宗教统治欧洲，姿势被压缩成唯一的一种：传教士的姿势。传教士本身是不结婚的，这个命名是对禁欲的反讽。

姿势被用来渲染古人性爱时的细节，一直被当作色情诟病。而古人并没有那么多忌讳。《战国策·韩策二·楚围雍氏五月》

中记载了被范雎废了的宣太后自爆姿势的一段话：

> 妾事先王也，先王以其髀加妾之身，妾困不疲也，尽
> 置其身妾之上，而妾弗重也，何也？以其少有利焉。今佐韩，
> 兵不众、粮不多，则不足以救韩。夫扞韩之危，日费千金，
> 独不可使妾少有利焉。

宣太后是秦惠文王的妾，如果秦始皇不是吕不韦生的话，
宣太后就是秦始皇的太奶奶，她的意思是，她跟惠文王行周公
之礼时，他用大腿压着她，她就觉得很累；如果他整个身子都
在她身上，她就不累了。因此搞外交也是这样。"髀"这个字
在鲁迅的《故乡》中有过，是说杨二嫂"两手搭在髀间，没有
系裙，张着两脚，正像一个画图仪器里细脚伶仃的圆规"。《说
文解字》中说："髀，股也。""以其髀加妾之身"，即把大
腿放在宣太后身上，粗浅地认为是"男上位"，不排除他们用
双腿互相盘结在一起的高难度姿势。男人的腿粗壮有力，尽管
人体可以承受自己体重四倍的重量，但这些重量都压在一个点
上确实令人受不了，怪不得宣太后觉得累！宣太后这么说，是
为了形容第一种姿势的累，第二种姿势——"尽置其身妾之上"
不累，这是秦惠王对她的好，所以她觉得幸福。现在韩国前来
求救，若对秦国没有一点儿好处，那秦国凭什么出兵呢？尚勒

是前来求救的韩国的使者。这两种姿势在韩国、秦国贵族中很普及。如果尚勒不懂，宣太后肯定不这么说。

在思想家那里，姿势是政治且意义重大，曾被用来对人类的一种定义。比如：凡是能够面对面性交的哺乳动物即是人类。（此定义曾遭受到方舟子的批驳，他就说幼年的黑猩猩也会采用面对面的姿势。）常人以为上面的主动，下面的被动，主动者占尽先机，被动者只能配合，被迫只能容忍，愿意也只能偷乐。一攻，一受，姿势代表了男权。在中国人的解释中，这种姿势参配阴阳。天为阳，地为阴，昼为阳，夜为阴，男为阳，女为阴，血为阳，魄为阴，天圆如张盖，地方如棋局，万物负阴而抱阳，冲气以为和，《道德经》的万物法则，也适用于床上床下。

在小说家那里，姿势是对世俗社会的反抗。初读《金瓶梅》，只是被其中优美的诗句所吸引，读到醉闹葡萄架才渐渐明白其中的含义。作者写了"倒浇红辣""老和尚撞钟""推车"等。"姿势"文化一直存在于生活中，过去孩童捕蜻蜓时，形容蜻蜓配对时的姿势也用"架排""推车"等词，直接出于孩童之口，也没觉得怎样。越受到管制的，在小说家那里就越是被展现，并作为回击社会的武器。

远看山有色，近听水无声。女人为画家，男人做模特，并非人在画春宫，而是春宫中的人以己为画。美一直存在，只是少了发现。不知道哪国专家研究说，再喜欢的异性，"性福"15次以上就会厌烦。想那108种姿势，之间又有几何数目的组合，如何会厌烦？性伴侣越是固定，越容易体会到快乐。用春宫普及艺术与体位，有助于控制滥交。

想象力有多么宽广，人类的姿势就有多么多样。要大胆尝试大胆爱，换个体位，就当换种心情了。

三

《万历野获编》记载，说宫里头皇帝皇子们的性教育是看欢喜佛。不知宫里头的欢喜佛藏在哪个殿中，皇帝被领进去，先行礼参拜，再仔细观摩。佛像还有机关，打开就能动，采用了西洋奇技淫巧的东西。学好后，皇帝才去参加大婚典礼。欢喜佛的姿势为女上男下坐姿拥抱，皇帝学会后不知变通会累个半死。皇家的性教育，看欢喜佛只是一方面，很多时候是养育猫狗，待其配种时把皇帝带过去，"恐不知人道，误生育续嗣之事"。这就更看出春宫的正面意义来。古人在入洞房以前"男女有别"，对男女之事可能一概不知。他们的性教育大多是在新婚之时，由奶妈、老妈子等拿出压箱底的秘戏钱、春宫或相关瓷器来（在瓷器中有相互交合的男女）现学现用。看画是为了指导正确地做画中的事情。至于独自学习还是一起切磋，则要看人家自己了。春宫所画的内容已超过所承载的本身。性用品本身是艺术品和文物，绸缎被窝床上摆，床后暗藏避火图。众人私下里都看，表面上不说。

观看春宫是有条件的，需要特定时间、特定地点、特定环境、特定的人，除此，只能偷窥。而偷窥的人中，未婚的是出于好奇，已婚的是为了学习，嫖客是为了追求刺激，有此癖好者是为了爽快。汉广川王刘海阳被认为是春宫的发明者，专门让他的姑妈们一起看春宫，他在一旁做旁观者，画中人是纣王与妲己。张衡在《七辩》中说，"假明兰灯，指图观列"，在无纸的年代，人们点起灯来夜观画在绢帛上的美图，也是一种风雅的享受。

明清小说中经常写共读《西厢》或共赏春宫的场景，《金瓶梅》中西门庆和潘金莲一起看春宫时，先是来一首词介绍：

> 内府镶花绫祿，牙签锦带妆成。大青小绿细描金，镶嵌十分干净。女赛巫山神女，男如宋玉郎君。双双帐内惯交锋，解名二十四，春意动关情。

而此类描写以《肉蒲团》为最佳：

> ……书画铺子中，买一幅绝巧的春宫册子，是学士赵

子昂的手笔，共有三十六幅，取唐诗上"三十六宫都是春"的意思。拿回去，典与玉香小姐一同翻阅。

......

（未央生）扯她（玉香）坐在怀中，揭开春宫册子，一幅一幅指与她看。那册子与别的春意不同，每一幅上前半页是春宫，后半页是题跋。那题跋的话前几句是解释画面上的情形，后几句是赞画工的好处。

若还不满足于春宫的话，古人会像唐高宗、武则天一样建造"镜殿"，即内部布满了镜子的宫殿，可以自我欣赏，至今有的地区仍有这个风俗。喜欢用小鞋饮酒的元代诗人杨铁崖诗云："镜殿青春秘戏多，玉肌相照影相摩。六郎酣战明空笑，队队鸳鸯浴绿波。"安装镜子后的效果，从诗中可以体会了。

四

就像摄影无法取代绘画一样，AV 也无法取代春宫。在摄影发明伊始，色情照片在欧洲风行一时，人类的口味逐渐加重，绘画技法和欣赏却在衰退。美术上出现了超现实主义、达达派、野兽派等不像绘画的流派，他们要把观众的眼球从色情照片前吸引到绘画前，是艺术上的创举。

当我从古书中抬起头来时，才发现时光已到了现代。此时再读诗人杨典的随笔集《肉体的文学史》，见到《春宫图管窥》前两篇中特意讲述了"巫山、高唐、云雨"的理论，即山水诗、山水画的本意即是性爱。生活在山水云雾之间，背后都有一幅山水画来充作背景。巫山云雨本是指男欢女爱，欢爱中的任何一个环节、人体上的任何一个部位，都用山水生活中的词来暗指，其根源远在宋玉写《神女赋》之前，从上古文明一直延续下来。这是作者的一家之言，仅供参考。

所谓淫词艳曲，即不著一字，尽得风流，行来春色三分雨，除却巫山一片云。性的快乐是短暂的，它却使我们忍受了生生世世的痛苦。有了性，才有了感；有了感，才有了情。生活是真山真水，真云真雨，便也有这真感真情。

后记：从掌故与八卦中长出诗意

读戴潍娜博士的《未完成的悲剧：周作人与蔼理士》一书（江苏文艺出版社，2018 年），得知周作人先生于 1944 年写了《我的杂学》一文，如例数十八般兵器一样，数出了他的十八项杂学，如非正轨的汉文、非正宗的古书、非正统的儒家经典、欧洲文学、希腊神话、神话学、文化人类学、生物学、儿童学、性心理学、蔼理斯的思想、医学史、妖术史、日本的乡土研究、写真集和浮世绘、佛经与戒律等。

而早在数百年前的明代，张岱做过一篇《自为墓志铭》，其中说：

> 少为纨绔子弟，极爱繁华，好精舍，好美婢，好娈童，好鲜衣，好美食，好骏马，好华灯，好烟火，好梨园，好鼓吹，好古董，好花鸟，兼以茶淫橘虐，书蠹诗魔，劳碌半生，皆成梦幻。

这不由得令人惊叹于古典作家的渊博。如今我们在某些方面比古典作家懂得多（比如电脑和汽车），但总体上无法与之相较，更可怕的是我们不知他们究竟懂得多少，更理不清他们为文为学的边界。

当代作家也要有一定的杂学功夫，即便不去做学术，也要有做学术的能力。而写作本身就是富有创造性的、跨学科的。

旧时的不少人玩物而不丧志，例如，他们喜欢听评书、相声，除了听故事和笑料以外，还能听到古代的很多文化常识，欣赏杂七杂八的唱腔。过去北京人是以会玩儿出名的。在北京可以说自己会干活儿会挣钱，但绝不敢说自己会玩儿。小到琴棋书画、养花遛鸟、斗鸡走狗，大到架鹰围猎等，会玩这些都不为过。

史书上的历史是宏大的，但其间缺失了生活细节的质感，过去究竟是怎样的？朝野、市井、江湖、三教九流、五行八作……是它们拼成了一个场域，这个场域产生的气氛，让我们感受到过去的日暖与茶香。它们是历史的血肉，而史书与文物是历史的骨架，读书与写作便是个根据骨架还原出血肉的过程。

以掌故学大家瞿兑之先生的理论而言，中国有政治而无政治史，有风俗制度而无风俗制度史。他不把掌故和八卦叫作野史，而叫作杂史，以补正史之缺。我笔下所述的也不是野史，没有鬼狐神怪，用现在话说叫生活史，或叫微观史学。生活史写的是什么呢？瞿兑之写的是风俗和制度的变迁，这个主题太大了，我只想写点儿生活中的声与色，即能让人读出声响的、目见五彩斑斓的过去的生活，以补正史之缺、生活之趣。

"声色"好像不是好词，但其中包含着美好的部分。"色"是指外部整体的形象气质之美，而不是单指美色。京剧中马连良的扮相干净漂亮，风度潇洒，在过去也叫色艺双绝。礼失求诸野，这个"野"是相对于朝堂来讲的。历史并非庙堂和乡野市井的二元对立，而我们真正的民间生活在日渐淡化。

民国时期曾打过一场有趣的对台戏——对民间文化的不同态度。以地方戏为例，以鲁迅、周作人等为代表的现代知识分子认为，民间文化是有趣的，地方戏是好的，可一旦进入宫廷，被强加上仁义道德，就失去了原本朴实天真的地方，再从宫廷出来就变味儿了。京剧、昆曲莫不如是。而传统士大夫和旧式戏班的演员恰恰认为是徽班进京后，地方戏才上了庙堂，是宫廷文化提高了乡野文化的格调。这两种观念正表现了民国时期人们对声色的态度。那时的读书人懂得社会发展要现代化，但生活方式仍然是传统的。家里有了电灯和留声机，但家居照样是八仙桌、太师椅；平常会吃西餐和快餐，但请客还是去中式的酒楼。而这些细节，往往被写在小说、剧本中，是值得专门做文章的。

掌故和八卦的来源，并非只是档案、信札、图表和数据库，还在于口述史、文物、非物质文化遗产，在于生活本身的烟火气，在于街头巷尾的杂论闲谈。我始终在文章中加入自己在北京胡同里的经验，不止于在书斋里翻阅故纸堆，更愿做街头巷尾、山川大河里的行走者。文章不是平面的，而是立体的，充满颜色、气味和声音，蕴含着城市的烫样。它们并非与当下无关，所有的历史都是当下，所有的梦境都是真实。铁路、机器与摩天大楼将成为未来掌故的背景图。是生活气场的变化带动了人的心理和观念的变化，进而改变了人的行动坐卧。巴黎有拱廊街道，北京有东安市场，它们都是从城市的构件方面改变了人们的生活。

我所做的是一种极限的写作，是尝试着到底能把世界写得多么详细、能奋力还原到哪种程度，力图如欧洲教堂内古老的彩色马赛克镶嵌画般重现那些逝去的时光。

海德格尔说，人要诗意地安居。我们如何在一个快节奏现代化中过得快乐而自由？

诗意是对整体氛围的营造。好比你去旅游，往往是由旅行社打包卖给你整个行程中的声色气场。而读书同样是营造气场，是靠知识、思想与智慧来营造的。

知识—思想—智慧，仿佛是一个巨大的空间链条。我们所学的、所接触的掌故与八卦，从表面来看只是知识，或是叫作信息。

民国时期有掌故学三大家——瞿兑之、徐一士、黄秋岳，台湾地区有掌故学"渡海三家"——齐如山、高伯雨、唐鲁孙，大陆还有朱家溍、王世襄、邓云乡、金受申等掌故学家，他们提供了众多的知识，而这些知识来自其家世和自身的阅历，仿佛互联网生长于他们体内，连接着每个细微的感官。他们不必阅遍前人的著作，单靠采撷旧京的天地之灵气、日月之精华，便可自我营造出一幢幢学术大厦。文学仿佛源于祖先的遗传，他们是我在写"我"。而现在的人是我在写"半我"，甚至是我在写"他"。这样得来的知识如何形成思想？

有些东西是很难教授的，比如思想与智慧。普通人接触并掌握的知识量太小了，正如有的中学语文教材一学期教五首唐诗，这几乎等于没教，倒不如一对一坐在一位先生的对面，由先生一句一句地喂，一下午怎么也能记住五首唐诗。我们的大脑中如一锅热粥一样咕嘟咕嘟地熬着海量的知识，日久天长，我们就会觉得满脑袋糨糊，但就在一团糨糊中，在生活的磨砺与高人的指点中，我们最终会迎来从量变到质变的那一天，会有醍醐灌顶而开悟的那一天，会形成自己独特的思想，哪怕它多么幼稚可笑。

这便是化他为我的过程。知识是一种灵物，需要人与之对话。学知识仿佛学戏曲，一旦和弦索笛箫说上话，便怎么唱怎么有了。

世界上有智慧的人和生活中的诗意之处真的不多，但我们仍然向往智慧，追求诗意。

我读硕士时期的毕业论文是关于民国时期的"掌故学"的。蔡元培先生主张"以美育代宗教"，在他所提倡的社会教育中，美术馆、美术展览馆、音乐会、剧院、影戏馆、历史博物馆、古物学陈列所、人类学博物馆、博物学陈列所与植物园动物园等地方，甚至于地方美化作用的道路、建筑、公园，以及名胜的布置、古迹的保存乃至公坟，无不彰显着美。

就《声色野记》而言，仿佛我写的都是过去民众真实的生活、对娱乐场景的描述和评论。每篇都可以独立成篇，但按照整体的目录编次而言，是企图从这些描述中寻找出知识，还要寻找出思想和智慧。我想把它们构造成一个体系或一个世界，甚至写出三部曲来，期盼能在掌故和八卦中生长出纯朴的诗意，编织出我寻访旧式趣味生活的梦。

本书的写作，受到学者孙郁老师的启发，并得到了阎连科、梁鸿、杨庆祥、张悦然等老师的指点。特别感谢我的戏曲老师张卫东先生帮我修改过部分稿件，一同感谢台湾大学的邱怡瑄博士、凤凰网主编徐鹏远先生、《青年文学》主编张菁老师、中国社会科学院的戴潍娜博士、为本书出版付出努力的各位编辑，以及北京传统文化、民俗、戏曲、曲艺、武术、摄影、考古、收藏、占卜、心理等方面的朋友，没有你们的帮助，我无法更好地完成此书。

笔者见识有限，才疏学浅，请大家批评指正。

侯磊

2018 年 6 月

参考文献

[1] 赵其昌编．《明实录·北京史料》．北京：北京古籍出版社，1995。

[2] 北京城市建设史书委员会编．《建国以来的北京城市建设》，1986年4月。

[3] 北京市门头沟政协文史资料委员会编．《永定河史综要》。

[4] 王同祯著．《水乡北京》．北京：团结出版社，2004。

[5] 颜昌远主编．《北京的水利》．北京：科学普及出版社，1997。

[6] 梁欣立著．《北京古桥》．北京：北京图书馆出版社，2007。

[7] 萨兆沩著．《静业觅踪》（全二册）．北京：北京燕山出版社，2002。

[8] 王彬、徐秀珊主编．《北京地名典》．北京：中国文联出版社，2001。

[9] 连阔如著．《江湖丛谈》．北京：当代中国出版社，2005。

[10] 侯宝林著．《一户侯说：侯宝林自传和逸事》．北京：五洲传播出版社，2007。

[11] 王学泰著．《游民文化与中国社会》．北京：同心出版社，2007。

[12] 野夫著．《身边的江湖》．广州：广东人民出版社，2013。

[13] 胡胜、赵毓龙校注.《西游记戏曲集》.沈阳：辽海出版社，
2009。

[14] 朱家溍、丁汝芹著.《清代内廷演剧始末考》.北京：中国书店，
2007。

[15] 张卫东著.《赏花有时，度曲有道：张卫东论昆曲》.北京：商
务印书馆，2013。

[16] 侯玉山口述，刘东升整理.《优孟衣冠八十年》.北京：中国戏
剧出版社，1988。

[17] 李德生著.《禁戏》.天津：百花文艺出版社，2009。

[18] 北京市政协文史资料委员会编.《京剧谈往录》.北京：北京出
版社，1985—1996。

[19] 谢思进、孙利华著.《梅兰芳艺术年谱》.北京：文化艺术出版社，
2009。

[20] 吴开英著.《梅兰芳艺事新考》.北京：中国戏剧出版社，
2012。

[21] 中国戏剧出版社编.《说梅兰芳》.北京：中国戏剧出版社，2010。

[22] 梅兰芳述，许姬传、许源来、朱家溍记.《舞台生活四十年》.北
京：中国戏剧出版社，1980。

[23] 齐如山著.《齐如山回忆录》.沈阳：辽宁教育出版社，2005。

[24] 程砚秋、程永江著.《程砚秋日记》.长春：时代文艺出版社，
2010。

[25] 程砚秋著 . 《程砚秋自传》. 南京：江苏文艺出版社，2012。

[26] 程永江著 . 《我的父亲程砚秋》. 长春：时代文艺出版社，2010。

[27] 杨华生、张樵侬、笑嘻嘻、沈一乐编辑 . 《四友笑集》著 . 上海：四友社，1949。

[28] 徐半梅著 . 《话剧创始期回忆录》. 北京：中国戏剧出版社，1957。

[29] 刘庆主编 . 《独脚戏》. 上海：上海文化出版社，2011。

[30] [法] 柏格森著，徐继曾译 . 《笑》. 北京：北京十月文艺出版社，2005。

[31] 鲁迅著 . 《阿 Q 正传》. 北京：人民文学出版社，2009。

[32] [美] 林郁沁著，陈湘静译 . 《施剑翘复仇案：民国时期公众同情的兴起与影响》. 南京：江苏人民出版社，2011。

[33] 古龙著 . 《古龙全集》. 珠海：珠海出版社，1995。

[34] 丁情著 . 《我的师傅古龙大侠》. 香港：丰林文化传播有限公司，2016。

[35] 顾雪衣著 . 《古龙武侠小说版本考》：未出版。

[36] 程维钧著 . 《本色古龙：古龙小说原貌探究》. 台北：风云时代出版公司，2017。

[37] 慕成雪著 . 《古龙传》. 北京：中国华侨出版社，2017。

[38] 古龙著 . 《谁来跟我干杯》. 天津：百花文艺出版社，2002。

[39] [日] 南方熊楠著，栾殿武译 . 《纵谈十二生肖》. 北京：中华书局，

2006。

[40] 吴裕成著.《酉鸡有吉》.西安：陕西人民出版社，2008。

[41] 刘瑞明著.《性文化词语汇释》.南昌：百花洲文艺出版社，2013。

[42] 胡胜、赵毓龙校注.《西游记戏曲集》.沈阳：辽海出版社，2009。

[43]（宋）周去非著.《岭外代答校注》.北京：中华书局，2012。